BIBLIOTHÈQUE

DE L'ÉCOLE

DES HAUTES ÉTUDES

PUBLIÉE SOUS LES AUSPICES

DU MINISTÈRE DE L'INSTRUCTION PUBLIQUE

SCIENCES PHILOLOGIQUES ET HISTORIQUES

VINGT-DEUXIÈME FASCICULE

LES PLEURS DE PHILIPPE, POËME EN VERS POLITIQUES DE PHILIPPE LE SOLITAIRE,
PUBLIÉ DANS LE TEXTE POUR LA PREMIÈRE FOIS, D'APRÈS SIX MSS.
DE LA BIBLIOTHÈQUE NATIONALE,
PAR L'ABBÉ EMMANUEL AUVRAY, LICENCIÉ ÈS-LETTRES,
PROFESSEUR AU PETIT SÉMINAIRE DU MONT-AUX-MALADES.

PARIS
LIBRAIRIE A. FRANCK
F. VIEWEG, PROPRIÉTAIRE

67, RUE RICHELIEU

1875

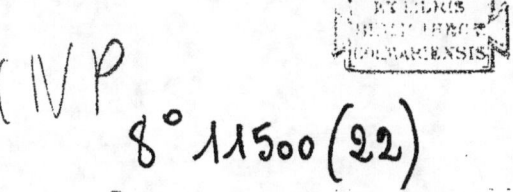

LES

PLEURS DE PHILIPPE

POËME EN VERS POLITIQUES

DE PHILIPPE LE SOLITAIRE

PUBLIÉ DANS LE TEXTE POUR LA PREMIÈRE FOIS D'APRÈS SIX MANUSCRITS
DE LA BIBLIOTHÈQUE NATIONALE

PAR

L'Abbé Emmanuel AUVRAY,

LICENCIÉ ÈS-LETTRES,
PROFESSEUR AU PETIT SÉMINAIRE DU MONT-AUX-MALADES.

PARIS
LIBRAIRIE A. FRANCK
F. VIEWEG, PROPRIÉTAIRE
RUE RICHELIEU, 67
1875

A SON ÉMINENCE

MONSEIGNEUR LE CARDINAL DE BONNECHOSE

ARCHEVÊQUE DE ROUEN

HOMMAGE DE PROFOND RESPECT

ET DE RECONNAISSANCE

Sur l'avis de M. *Édouard Tournier*, Directeur-adjoint de la Conférence de Philologie grecque, et de MM. *Thurot* et *Nicole*, commissaires responsables, le présent mémoire a valu à M. l'abbé Emmanuel AUVRAY le titre d'*Élève diplômé de la Section d'Histoire et de Philologie de l'École pratique des Hautes Études.*

Paris, le 1er avril 1874.

Le Directeur-adjoint de la Conférence de Philologie grecque,
Signé : Ed. TOURNIER.

Les commissaires responsables,
Signé : Ch. THUROT et J. NICOLE.

Le Président de la Section,
Signé : L. RENIER.

AVANT-PROPOS.

Notre professeur de paléographie, à l'École des Hautes Études, nous avait invité à rechercher dans les 27 mss. de la Bibliothèque nationale, qui renferment les poésies de saint Grégoire de Nazianze, si quelques pièces n'avaient pas échappé à l'attention des éditeurs. Quelque minutieux qu'ait été notre examen, il n'aboutit à aucun résultat. En revanche, le ms. 2748, un de ceux que nous avions dû compulser, nous donna l'idée d'un travail nouveau, en nous mettant sous les yeux deux poèmes assez peu connus de Philippe le Solitaire.

Les renseignements sur la vie de cet écrivain nous font à peu près complètement défaut. Nous savons qu'il était moine et qu'il termina son ouvrage, la Dioptra, en l'année 1105. Au milieu du XIIe siècle, ou peut-être du XIIIe, Denys, surnommé Euzoïtus, Péloponnésien d'origine et archevêque de Mitylène, en fit retoucher le style et la versification. C'est cette diorthose, ouvrage d'un certain Phialite[1], que nous donnons en regard de l'original. Quant aux Occidentaux, il paraît certain qu'ils ne connurent qu'assez tard l'existence de la Dioptra et de l'opuscule que nous publions. Le ms. que Gerlachius acheta à Constantinople en 1577 ne fut pas édité, mais Crusius en prit connaissance, et en cita plusieurs vers dans sa Turcogrécie[2]. C'est en 1604 seulement que parut à Ingolstadt la traduction[3] latine des deux

[1]. Phialitos ou Phialitès? Pontanus, qui l'appelle Phialitus, ne connaissait peut-être de son nom que le génitif Φιαλίτου.

[2]. Feuille 198.

[3]. Cette traduction fut insérée plus tard dans le 21e volume de la Bibliotheca Magna Patrum.

poèmes réunis en un seul, par le P. Pontanus, d'après un ms. de la Bibliothèque d'Augsbourg.

De nos jours, M. l'abbé Migne, sur les indications de Mgr Malou, évêque de Bruges, avait préparé la publication des œuvres de Philippe, qui devaient former, avec quelques autres écrits, le dernier volume de sa Collection des Pères grecs. On sait que cette collection est restée incomplète par suite d'un incendie.

L'opuscule présumé inédit, que nous publions sous ce titre Κλαυθμοὶ Φιλίππου[1], est un poème en vers politiques de quinze syllabes : la coupe, après la huitième syllabe, est de rigueur, et, au premier hémistiche, contrairement à ce qui a lieu dans le second, la pénultième n'a jamais l'accent aigu[2]. La métrique n'est pas soumise à d'autres règles, et c'est en vain que chez Philippe on chercherait l'application des lois prosodiques de Struve. Même on y rencontre assez fréquemment l'hiatus proscrit par les bons poètes, et qu'à leur exemple le diorthote évitera scrupuleusement.

Pour rendre son travail plus facile encore, l'auteur sacrifie la régularité grammaticale : uniquement pour le besoin du vers, il se sert de l'article ou le supprime, fait ou néglige la contraction, emploie au singulier ou au pluriel le verbe dont le sujet est au pluriel neutre, met au datif, ou bien au génitif avec ὑπό le régime des verbes passifs, et, peu soucieux des habitudes de la langue classique, omet souvent de relier entre eux les membres d'une même phrase[3]. Aux chevilles γε, δὲ, τε, mises pour remplir le vers, à la substitution de εἰς à ἐν, de εἰ à ἄν devant le présent et l'aoriste de l'indicatif, à l'emploi des formes ἔφημεν, τιθοῦσιν on reconnaît l'écrivain byzantin. Chez Philippe, εὐχαριστῶ gouverne l'accusatif, et φεῦ le datif, κελεύω est construit avec ἵνα ; aux vers 191, 192, deux verbes, dans la même phrase, quoique ayant les mêmes sujets, sont mis l'un au singulier, l'autre au pluriel ; d'ailleurs cette irrégularité, exigée par le vers, ne paraît pas avoir été insolite, puisque le diorthote lui-même l'a maintenue. Ce qui nous a semblé plus curieux, c'est la composition du verbe φαγοποτέω-ῶ (v. 101) inconnu aux lexiques ; il signifie donner à manger et à boire ; les deux parties de ce verbe ont chacune leur complément direct qu'elles régissent

1. Pour la justification de ce titre, voir la note critique p. 17.

2. Pour l'accent grave et l'accent circonflexe, voir les notes critiques v. 31, 49.

3. On trouvera la preuve de ce que nous avançons ici et plus loin, dans les notes critiques.

séparément[1]. Philippe s'est bien jugé lui-même, comme écrivain, dans les deux vers suivants de la Dioptra[2] :

Εἴπερ κελεύεις, λέγω σοι, ἀγροικιχῶς δὲ ἄγαν,
ὅτι γραμμάτων ἄπειρος τυγχάνω..... Liv. I, 8-9.

Mais s'il ignore les lettres humaines, en revanche il est très-versé dans la connaissance de l'Écriture et des Pères ; dans le seul petit poème que nous publions, les sources où il a puisé sont : le Livre de Job, David, Salomon, Isaïe, Ézéchiel, saint Matthieu, saint Jean (l'Évangile et l'Apocalypse), saint Paul (l'Épître aux Éphésiens et celle aux Romains), saint Basile, saint Jean-Chrysostome, Théodoret et Anastase. Cependant Philippe, fort de tant d'autorités, ne se contente pas d'exposer le dogme, il veut encore agir sur l'âme de ses lecteurs en frappant leur imagination. Un résumé rapide de l'opuscule en donnera une idée plus précise.

L'auteur s'adresse à l'âme ; il lui reproche de négliger de faire pénitence. Un jour viendra où elle sera séparée du corps. A ce moment, elle suppliera les anges envoyés pour l'emmener de lui accorder quelques instants afin qu'elle se repente de ses fautes ; mais ce sera en vain. Une balance est là pour peser les actes de sa vie. Les démons placent ses péchés dans l'un des bassins, tandis que l'autre reçoit les bonnes actions apportées par les anges. Si le poids des vertus l'emporte sur celui des fautes, l'âme est conduite au ciel ; mais sur la route elle rencontre les démons princes de l'air qui lui font rendre compte de ses actions ; enfin après avoir échappé à leurs mains elle est conduite devant le trône de Dieu, qui ordonne à ses ministres de lui faire parcourir l'heureux séjour des saints. Si, au contraire, le poids des fautes est plus considérable que celui des vertus, ce sont les démons qui saisissent l'âme et lui font voir les divers tourments de l'enfer. Elle attend le jugement dernier dans celui des deux séjours qui lui est destiné. Philippe décrit ensuite la Résurrection et enfin termine son œuvre en conjurant ses frères de prier pour son salut.

Certains détails paraissent manquer de précision. Ainsi on peut se demander si l'âme qui visite les enfers n'est pas la même qui vient de parcourir le ciel : ce qui serait peu conforme à la

---

1. V. la note sur le v. 101. D'autres remarques sur la métrique ou la syntaxe de notre auteur auront place dans les notes critiques.
2. Cp. encore la lettre à Callinicus et le petit poème v. 331.

théologie et sans doute à la croyance religieuse de l'écrivain.
Nous croyons devoir signaler ici cette difficulté que nous n'avons
pas réussi à résoudre.

Quelle que puisse être la valeur littéraire de ce poème, le
soin que les Grecs ont pris de le multiplier[1], avec la Dioptra,
par de nombreuses transcriptions, suffit à prouver qu'il a dû
jouer un rôle important dans la vie religieuse du moyen âge.
Les écrits de Philippe ont dû être pour les Grecs de ce temps
à peu près ce que l'incomparable *Imitation de J.-C.* a été pour
les Occidentaux. C'est leur titre unique peut-être, mais suffisant,
à être publiés. Quant à la diorthose de Phialite, si nous avons cru
devoir la joindre au texte original, c'est que nous avons pensé
que l'histoire de la versification politique, et peut-être celle de
la langue, pourraient tirer quelques lumières de ce rapproche-
ment.

Nous sommes heureux de pouvoir remercier ici M. Ch. Graux,
élève de l'École pratique, des services qu'il a bien voulu nous
rendre, en révisant notre travail sur les mss.

Emmanuel AUVRAY.

1. On verra plus bas que la seule Bibliothèque nationale possède six
mss. de Philippe, sans compter celui du diorthote.

REVUE DES MANUSCRITS.

A[1].

Il est écrit sur parchemin, en caractères bien tracés, et semble remonter au XIIIᵉ siècle. Les vers, où l'alignement n'est jamais observé, sont ordinairement suivis, chacun, de deux points qui répondent à nos divers signes de ponctuation. Le tréma ne se rencontre que très-rarement sur l'Υ ; au contraire, il surmonte constamment l'I, excepté dans les diphthongues. La transcription paraît avoir été faite avec soin : c'est à peine si le calligraphe a laissé échapper quelques-unes de ces fautes si fréquentes ailleurs, dont la prononciation suffit à rendre compte ; mais il a omis les trente-sept derniers vers. Il fait du poème le premier livre de la Dioptra, laquelle se trouve ainsi divisée en cinq livres ou entretiens précédés chacun d'un sommaire et, sauf le premier, de leur numéro d'ordre.

En tête du manuscrit est une lettre de Philippe, adressée au moine Callinicus et commençant par ces mots : Τῇ κελεύσει σου εἴξας. Vient ensuite le poème que nous éditons ; il est suivi de

---

1. Ce ms. et les suivants, les seuls que nous ayons été à même de collationner, appartiennent tous à la Bibliothèque nationale. A représente le ms. 128, du suppl. a, le ms. 93 du suppl., B le ms. 2872, C le ms. 2873, D le ms. 2748, E le ms. 2874, enfin P le ms. 2747, qui renferme la diorthose de Phialite.

la Dioptra et de deux courts traités, l'un sur le libre arbitre, l'autre intitulé : Ἐρώτησις περὶ πρεσϐείας καὶ προστασίας. Cinq sentences tirées des saints Pères complètent la dernière page.

Une seconde main plus récente a écrit aux feuillets suivants : 1, 97, 161 verso, 162 et au verso de la dernière des trois feuilles en papier ajoutées à la fin du manuscrit.

a.

C'est un bombycin daté de l'an du monde 7098 qui répond à l'année 1590 de notre ère. L'écriture en est très-mauvaise. Nous verrons plus loin qu'à d'autres égards, il ressemble beaucoup au précédent.

B.

Il est écrit sur parchemin et paraît remonter au XIVe siècle. De tous ceux que nous avons collationnés, c'est celui qui offre le plus de traces d'iotacismes. E, y est habituellement remplacé par AI, à la deuxième personne du pluriel des verbes passifs et moyens : l'I souscrit n'est que très-rarement marqué.

A la marge sont des notes d'une seconde main, laquelle a récrit quelques mots, et même a fait souvent des corrections au-dessus de la ligne. Cp. v. 79, 103, 141, 237, 243, 245, 290, 308.

B, comme A et a, n'observe pas l'alignement dans les vers.

C.

C'est un chartacéus de petit format, que Montfaucon dit être du XIVe siècle. On y distingue trois sortes d'écritures. Il ne renferme aucune pièce préliminaire. Les treize premiers vers, écrits sur une page dont le verso est resté en blanc, ne sont pas de la main la plus ancienne. Tous les vers intermédiaires entre le 13e et le 133e ont aujourd'hui disparu.

Quelques fautes d'accent, un assez grand nombre d'iotacismes et d'autres négligences dans l'orthographe témoignent du peu de soin du copiste qui cependant a pris la peine d'aligner les vers.

D.

Ce manuscrit est un bombycin du XIVe siècle : on y trouve d'abord huit petites pièces préliminaires se rapportant à la Dioptra ; les voici dans leur ordre :

1° Préface de Michel Psellus. Κρεῖσσόν φησι, κ. τ. λ.

2° Conseils de Constantin, pour lire la Dioptra, Ὁ τήνδε θέλων, κ. τ. λ.

N. B. Entre la première et la seconde feuille ont été insérées quatre pages à deux colonnes, chacune, et appartenant à un autre manuscrit.

3° Lettre de Callinicus à Philippe : Τὴν πάλαι φιλίαν, κ. τ. λ.

4° Réponse de Philippe à Callinicus. Τῇ κελεύσει σου. κ. τ. λ.

5° Une petite note.

6° Vers apologétiques de Philippe à ses détracteurs : Ὁ ἀμαθὴς πρὸς ἀμαθεῖς, κ. τ. λ.

7° Remarque, sans doute de Michel Psellus, concernant les renvois du texte aux témoignages de l'Écriture et des Pères écrits à la marge, elle commence par ces mots : Χρὴ γινώσκειν ὅτι, κ. τ. λ.

8° La Dioptra. Notre poème en forme le cinquième livre ; il ne contient que 366 vers, sur 370 qui sont annoncés.

L'I souscrit est ordinairement marqué ; les vers sónt alignés. A la feuille sixième, en marge, est une note relative à l'achat que fit de ce manuscrit un certain Gérasime.

E.

C'est un bombycin du xiii° siècle, écrit avec soin par un copiste du nom de Gérasime, comme on le voit en tête de la première page : Κύριε Ἰησοῦ Χριστὲ, βοήθει μοι τῷ ἀχρείῳ σου δούλῳ Γερασίμῳ τῷ γράψαντι. Ce manuscrit, acheté à Constantinople en 1687, est moins complet que D, en fait de pièces préliminaires. Voici celles qu'il renferme :

1° Préface de Michel Psellus.

2° Conseils de Constantin pour lire la Dioptra.

3° Vers apologétiques de Philippe à ses détracteurs.

Puis viennent la *Dioptra* qui se termine à la page 150°, et à la page 163°, notre petit poème sous ce titre : Στίχοι κατανυκτικοὶ καὶ πάνυ ψυχωφελεῖς.

Chaque vers commence par une majuscule toujours tracée en rouge et est suivi d'un point, ou plus rarement d'une virgule ; l'I souscrit n'est marqué que quatre ou cinq fois et seulement sous l'article τῷ : le N euphonique n'est jamais omis, et l'alignement des vers est observé.

Les différences notables que ce ms. présente dans la Dioptra, avec la traduction latine qu'en a donnée Pontanus, permettent d'affirmer que le savant Jésuite a travaillé sur une autre copie.

D et E ont entre eux de nombreux points de ressemblance.

TABLEAU SYNOPTIQUE DES LACUNES[1].

Chaque lacune est représentée par une croix.

VERS.	A	B	C	D	E	P	AGE
	XIII° S.	XIV° S.	XIV° S.	XIV° S.	XIII° S.	XIII° S.	DES MSS.
11				†			
12					†		
14-132			†				
56				†			
63						†	
90 2° hémist.				†			
91 1er hémist.				†			
115	†	†	†				
116	†	†	†				
117	†	†	†				
127						†	
128						†	
136	†	†			†	†	
141			†				
152				†			
163	†	†	†				
164	†	†	†				
165	†	†	†				
166	†	†	†				
167	†	†	†				
172			†				
193				†			
211	†	†	†				
213	†	†	†				
221			†				
223			†				
224			†	†	†	†	
250				†		†	
263				†			
269				†			
276						†	
280	†	†	†				
281	†	†	†				
286		†	†				
302 2° hémist.		†	†				
303 1er hémist.		†	†				
335-371	†	†	†				
363	†	†	†				
364	†	†	†				
365	†	†	†				
367	†	†	†				

1. Par le mot *lacune,* nous entendons, ici, l'absence dans certains mss. d'un vers ou d'une partie de vers qui se trouve dans d'autres. Ce n'est pas le moment d'examiner quelles sont celles de ces variantes qui doivent être expliquées par une omission, celles qui ont une intrusion pour origine.

L'ordre est interverti aux vers 260, 261, dans D, P, et aux vers 327, 328 dans D, E, P.

Le vers 273e est répété après le 274e dans C.

CLASSEMENT DES MANUSCRITS.

Leur division en familles.

Avant de fixer la parenté plus ou moins étroite qui existe entre nos manuscrits, il est nécessaire de voir si nous ne pourrons pas y reconnaître, d'abord, certains groupes distincts. Or la simple observation des lacunes va nous renseigner sur ce sujet. En effet les vers 115, 116, 117, 163-167, 211, 213, 280, 281, 286 manquant à A, B, C, et se trouvant tous dans D, E, sont déjà au moins une présomption que A, B, C, D, E peuvent se ramener à deux groupes. L'ordre des vers 327, 328 de A, B, C, interverti dans D, E, ajoute de la valeur à notre opinion.

Enfin les autres analogies, que notre revue des mss. permit de relever entre D, E, exclusivement, démontrent que nous avons affaire à deux familles distinctes.

MANUSCRITS DE LA PREMIÈRE FAMILLE A, a, B, C.

Parenté de ces manuscrits, considérés deux à deux.

A, a.

Si au tableau des lacunes et dans le classement par famille, nous n'avons rien dit de a, ce n'est pas que nous ayons négligé ce ms. : mais l'étude que nous en avons faite nous a convaincu qu'il est une copie directe de A. Voici rapidement quelles raisons nous avons eues pour en juger ainsi : nous avons observé dans les deux mss. la même division de la Dioptra, le même nombre de pièces rangées dans le même ordre, le manque d'alignement dans les vers de l'un et de l'autre, et ce qui est plus décisif, à côté de très-rares et très-légères divergences dans les leçons, partout sans exception les mêmes lacunes. Depuis que nous avons quitté Paris, Son Excellence M. le ministre de l'Instruction publique a bien voulu nous autoriser à garder quelque temps entre nos mains le manuscrit A. Or, aux feuilles 1, 97, 161 verso et 162, nous avons remarqué une écriture de seconde main, où il est aisé de reconnaître celle du copiste auteur du ms. a.

Nous pouvons donc dès à présent éliminer a comme une non-valeur.

A. B.

La parenté de A et de B paraît être assez étroite. Dans ces deux mss. l'alignement n'est pas observé, le poëme manque également des 37 derniers vers et les lacunes sont toujours communes ; toutefois il faut en excepter les vers 302 et 303 de A, qui n'en font qu'une dans B, d'où l'on peut conclure que B ne peut être l'original de A, ce que prouve d'ailleurs l'âge des deux mss.; il n'en est pas non plus la copie, puisque, au livre premier de la Dioptra, il donne, seul, le vers 320ᵉ. Peut-être pourrait-on à la rigueur les considérer comme issus d'un manuscrit commun, mais vu le nombre des variantes, quelque légères d'ailleurs qu'elles puissent être, nous croyons qu'il vaut mieux regarder A et B comme les copies de deux mss. différents, Y^3 et Y^4, mais ayant pour origine commune Y^2. Suit le stemma :

$$Y^2$$

$$Y^3 \qquad Y^4$$

$$A \qquad B$$

$$a$$

A. C.
B. C.

L'absence dans le manuscrit C des vers 141, 172, 221, 223, 224, qui se trouvent dans A, suffirait à prouver que le premier de ces mss. ne peut être la souche de l'autre, quand bien même il ne serait pas moins ancien. D'un autre côté, comme seul il contient les 37 derniers vers, il n'en peut être non plus la copie. Nous allons plus loin et nous disons que C ne vient pas de Y^2, non que la lacune du commencement soit un motif pour le nier ; car cette lacune est visiblement d'origine postérieure au travail du copiste, mais nous nous appuyons sur celle que nous avons signalée à la fin de A et de B à la fois. Il est peu probable que deux copistes aient oublié ou volontairement omis les mêmes 37 vers, s'ils avaient existé dans Y^2. Où donc chercherons-nous l'original de C? Est-ce dans un ms. Z, frère de Y^2? Nous croyons que les variantes sont assez nombreuses et assez importantes pour nous obliger à descendre d'un degré jusqu'à un ms. Z^2, copie de Z. On comprendra, dès lors, pourquoi A et B dans leurs leçons diffèrent bien moins l'un de l'autre, que de C.

La comparaison de ce dernier ms. avec B, donnant lieu aux

mêmes observations, nous mènerait à la même conclusion. Nous établirons donc ainsi le stemma pour les mss. de la première famille :

$$
\begin{array}{ccc}
& \text{Y} & \\
\overline{\quad \text{Y}^2 \quad} & & \overline{\quad \text{Z} \quad} \\
\overline{\text{Y}^3} \quad \overline{\text{Y}^4} & & \overline{\text{Z}^2} \\
\text{A} \qquad \text{B} & & \text{C} \\
\overline{\text{a}} & &
\end{array}
$$

CLASSEMENT DES MANUSCRITS DE LA SECONDE FAMILLE.

D. E.

D étant d'une part moins ancien que E, et d'autre part plus complet que ce ms. aux vers 12 et 136, n'en peut être ni l'original ni la copie. Les variantes qui différencient ces deux mss. ne sont pas bien nombreuses ; cependant elles paraissent encore assez notables si l'on tient compte du soin avec lequel ils paraissent avoir été écrits. Pour cette raison au lieu de voir dans D, E, les apographa d'un seul manuscrit, nous aimons mieux les regarder comme provenant de deux copies d'un même ms. X^2 et nous aurons :

$$
\begin{array}{cc}
& \text{X}^2 & \\
\overline{\text{X}^3} & & \overline{\text{X}^4} \\
\overline{\text{D}} & & \overline{\text{E}}
\end{array}
$$

PARENTÉ MUTUELLE DES MSS. DES DEUX FAMILLES.

Quelle est maintenant la parenté mutuelle des mss. des deux familles ? X^2 et Y sont-ils identiques ? Nous ne le croyons pas ; car alors les quatre copies Y^2, Z, X^3 et X^4 auraient reproduit pareillement, plus ou moins bien conservées, les leçons de cet original. Mais la grande conformité qui d'après notre classement par groupes a dû exister exclusivement entre Y^2 et Z d'une part, et de l'autre entre X^3 et X^4, nous prouve que ces mss. ne sortent pas sans intermédiaire d'une souche commune.

X^2 n'est pas davantage la copie de Y ; il n'est point admissible que trois apographa d'un même ms. étant donnés, Y^2, Z et X^2, les copistes auteurs des deux premiers, par un simple effet du hasard, aient constamment, sauf dans un endroit, omis les mêmes parties du texte et que l'ouvrage du troisième copiste n'offre pas une seule de ces lacunes.

Faut-il admettre que X^2 soit au contraire l'original de Y en même temps que de X^3 et de X^4? Mais comment se fait-il que les intrusions qui étant communes à X^3 et à X^4 doivent nécessairement exister dans X^2, ne se rencontrent pas en grande partie dans Y? L'on ne peut supposer que l'auteur de ce dernier ms. les ait omises par inadvertance puisqu'elles ont lieu en différents endroits du poème ; il ne les a pas non plus rejetées volontairement, car on sait que les copistes laissent de côté la critique et se bornent à transcrire le plus fidèlement qu'ils le peuvent le ms. qu'ils ont sous les yeux.

Nous pensons qu'il faut considérer X^2 et Y comme étant les copies d'un même ms. Voici le classement général :

		X			
	Y		X^2		
Y^2	Z	X^3	X^4	$[X^5]$
Y^3	Y^4	Z^2	D	E	$[P]$
A	B	C			
a					

Nous voyons ainsi l'origine des lacunes toujours croissantes, à mesure que les apographa se multiplient : Y aura seulement présenté celles qui sont communes à Y^2 et à Z ; les omissions de Z augmentées de celles qui auront échappé aux copistes de Z^2 et de C auront passé dans ce dernier ms. Si A et B ne contiennent pas les 37 derniers vers, c'est qu'ils manquent à Y^2 ; d'un autre côté D, E contiennent seuls les intrusions dont le copiste de X^2 est l'auteur.

VALEUR DES MANUSCRITS.

On sait que l'autorité d'un manuscrit ne doit pas toujours être estimée d'après son âge ni même d'après son degré de parenté avec l'archétype. En effet un mauvais copiste, en transcrivant l'original même, peut nous donner des copies plus défectueuses que celles qui résulteront des travaux successifs, mais consciencieux de plusieurs mains. On ne saurait donc se contenter du classement des mss., il faut encore comparer leurs leçons pour s'assurer du degré de confiance que mérite chacun d'eux et du parti qu'on en peut tirer pour la constitution du texte.

D'abord nous n'avons pas à nous occuper de a, simple copie de A.

C paraît avoir peu d'autorité, comparé avec A. B. D. E. Il ne nous a été à peu près d'aucun secours, sauf au vers 8 ; partout où il donne la bonne leçon, il s'accorde au moins avec deux autres manuscrits. Il est vrai qu'il nous conserve seul, plus ou moins altérée, la tradition de Y dans les 37 derniers vers ; mais là même si son témoignage peut être utilisé, ce n'est guère qu'aux vers 237 et 344. Hors de là, il ne sert qu'à confirmer la leçon de D, ou celle de E, lorsqu'il y a divergence entre ces mss.

Des mss. A. B. D. E, aucun ne nous semble reproduire l'original avec assez d'exactitude pour servir de base à notre travail, à l'exclusion des autres. Dans chacun d'eux on trouve des leçons évidemment fautives ; tantôt le texte des mss. de la première famille est préférable, tantôt les mss. de la seconde paraissent avoir mieux conservé la tradition. Ici A est plus sûr que B, là malgré l'étourderie et les corrections parfois arbitraires du copiste à qui nous le devons, B reprend l'avantage. On peut en dire à peu près autant de D. E, comparés soit entre eux, soit avec les mss. de l'autre famille, bien qu'ils paraissent en général préférables à ceux-ci et que D puisse être considéré comme le meilleur des deux. En résumé nous avons cru devoir constituer notre texte d'après A. B. D. E.

Quant au travail de Phialite, nous n'avons pas cru qu'il pût nous offrir quelque secours. Le diorthote ne fait jamais ses corrections d'après les règles de la critique, il change les mots, comme il lui plaît, et ne réussit guère qu'à gâter ce qu'il touche ; quelle confiance pouvait-il nous inspirer ?

Le petit poème Κλαυθμοὶ Φιλίππου *est distinct de la Dioptra.*

L'opuscule que nous publions, fait-il partie de la Dioptra ? A. a. B. C en font le premier livre de ce poème, mais D. E. P, qui le rejettent à la fin, l'en distinguent. Il est vrai que la lettre de Philippe à Callinicus, qui est dans D et P, mentionne la division de la Dioptra en cinq parties, mais en fait ces mss. ne s'y conforment point, et c'est avec raison. D'abord on se figure difficilement un poème dont le premier livre se composerait de

370 vers seulement et les quatre autres, environ de 1700 chacun. D'autre part, le fond du petit poème se retrouve en partie dans la Dioptra ; par exemple un passage sur la résurrection analogue à celui qu'on lira plus loin, en termine le deuxième livre.

Une dernière raison paraîtra plus décisive encore : la Dioptra est constamment dialoguée [1]. Κατὰ πεῦσιν καὶ ἀπόκρισιν · ἡ πεῦσις τοίνυν δῆθεν τῆς Ψυχῆς, ἡ δὲ ἀπόκρισις αὖθις τῆς Σαρκός: ici l'écrivain parle en son propre nom.

DIORTHOSE DE PHIALITE.

Du manuscrit qui la renferme.

La diorthose de Phialite est renfermée dans le ms. 2747, apporté d'Orient dans la bibliothèque du roi. Ce ms. se compose de deux parties d'époques différentes ; la deuxième écrite sur papier, est du xve siècle, la première, la seule qui nous intéresse ici, est du xiiie siècle et sur parchemin, l'écriture en est arrondie et fort soignée, l'orthographe satisfaisante, sauf quelques iotacismes. Une préface de Phialite que nous trouvons dans ce ms. nous révèle le nom d'un archevêque de Mitylène, inconnu au P. Lequien. Cet archevêque s'appelait Denys et fut surnommé Euzoïtus ; il était né dans le Peloponnèse. En quelle année occupait-il le siége archiépiscopal de Lesbos, était-ce en 1151 sous Manuel Comnène, ou en 1259 sous le règne de Théodore Lascaris, ou enfin en 1315 sous celui d'Andronic II Paléologue ? C'est ce que nous ne pouvons déterminer avec certitude, mais ce fut assurément à l'une de ces trois dates, car la Dioptra fut écrite l'an 1105 [2] dans la 16e année du règne d'Alexis Comnène, et notre ms. qui en donne la diorthose, entreprise à l'instigation de Denys, ne peut être postérieur, par son origine, au commencement du xive siècle ; or, dans l'intervalle, il n'y a que les trois archevêques, élus aux dates indiquées, dont les noms manquent à la liste des pasteurs de Mitylène. Nous aurions pu, même avec quelque probabilité, en nous fondant sur l'écriture du ms., exclure la plus récente des trois dates. S'il faut nous en tenir à la seconde, Denys n'est autre que cet archevêque de Mitylène

---

1. Lettre de Philippe à Callinicus.
2. Voir Biblioth. Magn. Patr. T. XXI, p. 553, G, Ad lectorem Præfatio J. Pontani.

appelé en 1259 à Magnésie pour confesser l'empereur Théodore Lascaris alors sur le point de mourir.

Cette préface, précieuse pour l'histoire de l'Église de Mitylène, fait partie d'une série de pièces préliminaires dont voici l'énumération :

1° Préface de Michel Psellus.
2° Lettre de Philippe à Callinicus.
3° Vers apologétiques de Philippe.
4° Table des chapitres.
5° Deux préfaces de Phialite.
6° La Dioptra.

Ce n'est qu'à la page 136, à la suite de la Dioptra, qu'on lit notre petit poème sous ce titre :

Κλαυθμοὶ καὶ θρῆνοι, βέλτιστε, Φιλίππου μονοτρόπου,
ἐν οἷστισι διείλεκτο πρός γε ψυχὴν αὐτόθεν.

A en juger par l'exactitude et le soin que le copiste paraît avoir apportés à son travail, on peut être tenté de voir dans ce manuscrit l'autographe même de Phialite.

Le copiste de P divise la Dioptra en quatre parties et consigne à la marge les passages des auteurs ecclésiastiques imités dans le texte.

De là et du tableau synoptique des lacunes, on peut conclure que Phialite a travaillé d'après un ms. de la deuxième famille. La comparaison des leçons de P avec celles de D et de E nous indique que ce ms. doit être un collatéral de X^3 et de X^4 plus semblable cependant au premier qu'au second.

C'est sur l'œuvre du Diorthote que Pontanus a fait sa traduction latine.

ΚΛΑΥΘΜΟΙ ΦΙΛΙΠΠΟΥ.

ΔΙΟΡΘΩΣΙΣ ΦΙΑΛΙΤΟΥ.

2

18

ΚΛΑΥΘΜΟΙ ΦΙΛΙΠΠΟΥ.

ΣΥΓΚΕΦΑΛΑΙΩΣΙΣ.

α΄- Μερικὴ ὑπόμνησις, διὰ στίχων πολιτικῶν, πῶς ἡ ψυχὴ ἀπὸ τοῦ σώματος διαζεύγνυται καὶ ποῦ τυγχάνει ἄχρι τῆς κοινῆς ἀναστάσεως.

β΄- Ὅτι οὐ πατὴρ, οὐ μήτηρ, οὐ τέκνα, οὐ συγγενεῖς, οὐ φίλοι δύνανται, ἐν ἐκείνῃ τῇ ὥρᾳ, αὐτῇ βοηθῆσαι · ἀλλὰ τὰ ἔργα αὐτῆς καὶ μόνα.

γ΄- Τίνες αὐτὴν παραλαμβάνουσι καὶ ποῦ μετὰ τὸν χωρισμὸν ἀποκαθιστῶσιν αὐτήν.

δ΄- Ὁποία ἡ κρίσις αὐτῇ καὶ μετὰ τὴν ἀνάστασιν γενήσεται.

Πῶς κάθῃ; πῶς ἀμεριμνεῖς; πῶς ἀμελεῖς, Ψυχή μου;
πῶς οὐ φροντίζεις τῶν κακῶν ὧν ἔπραξας ἐν βίῳ;
καὶ μόνην τὴν μετάνοιαν περὶ πολλοῦ ποιεῖς γε;

NOTES CRITIQUES.

E, porte en tête ces mots d'un copiste : Στίχοι κατανυκτικοὶ καὶ πάνυ ψυχωφελεῖς.

Titre : A. B. D : Κλαυθμοὶ καὶ θρῆνοι μοναχοῦ ἁμαρτωλοῦ καὶ ξένου, δι᾿ ὧν καὶ διελέγετο πρὸς Ψυχὴν τὴν ἰδίαν.

διελέγετο] ἀπελέγετο, A. B. — Les mots καὶ πῶς rattachent ce titre au numéro δ΄ de l'argument, A. B.

Argument. Il manque à : C. D. E.

β΄ τέκνα.] τέκνον, B. — Ἀλλὰ τὰ ἔργα αὐτῆς]. ἀλλ᾿ ἢ τὰ ἔργα ταύτης. B.

γ΄ τίνες .....ἀποκαθιστῶσιν αὐτήν.] καὶ τίνες .....καθῐστῶσῐν αὐτοῦ. B.

δ΄ A : ἡ κρίσις αὐτῇ. B : κρίσι αὐτη.

Vers 1, πῶς] ὡς, C. — ἀμεριμνῆς .....ἀμελὴς, E.

2 βίῳ]κόσμῳ, A. B. C. Cp. v. 229, où la leçon commune est : ὧν ἔπραξεν ἐν βίῳ.

La vie mondaine par opposition à la vie chrétienne. Cp. Can. Apost. VII : Ἐπίσκοπος .....κοσμικὰς φροντίδας μὴ λαμβανέτω. St J. Chrys. Hom. VII, sur la Pénitence : Οὗτος δέ μοι ὁ λόγος, οὐ πρὸς τοὺς ἐν τῷ βίῳ ἐξεταζομένους μόνον ἐστὶν, ἀλλὰ καὶ πρὸς τοὺς ἐν τοῖς ὄρεσι τὰς ἑαυτῶν καλύβας πηξαμένους.

3 Var. C : ποιεῖς γάρ. A. E : ποιῆσαι.

ΔΙΟΡΘΩΣΙΣ ΦΙΑΛΙΤΟΥ.

1-3*

Πῶς κάθη; πῶς ἀμεριμνεῖς; πῶς ἀμελεῖς, Ψυχή μου;
πῶς ἄφροντις·καθέστηκας ὧν ἔπραξας ἐν βίῳ;
πῶς λόγον οὐ πεποίησαι τῆς φίλης μετανοίας;

NOTES CRITIQUES.

TITRE : ****** [Κλαυθμοὶ καὶ θρῆνόι, βέλτιστε, Φιλίππου μονοτρόπου
ἐν οἶστισι διείλεκτο πρός γε Ψυχὴν αὐτόθεν.]

Ces vers nous ont suggéré le titre : Κλαυθμοὶ Φιλίππου, qu'un
copiste ancien se sera donné la peine de délayer.

* Les chiffres placés au haut de la page marquent le nombre réel des
vers du poème; ceux qui sont à la marge indiquent à quels vers de
Philippe correspondent les vers de la diorthose.

** Nous mettons entre crochets tout ce qui concerne la diorthose de
Phialite.

καὶ σπουδάζεις ἀληθινὴν ἐπιδείξασθαι ταύτην;
καὶ ἐρωτᾷς περὶ αὐτῆς ἐν πολλῇ παρακλήσει   5
πατέρας διδασκάλους τε ποιμένας σοφωτάτους;
καὶ ἀκριβῶς ἀνερευγᾷς πῶς αὐτὴν κατορθώσεις
καὶ πῶς ἰσχύσεις δι᾽ αὐτῆς, Θεοῦ φιλανθρωπίᾳ,
λαβεῖν μεγάλων ἄφεσιν τῶν πολλῶν σου σφαλμάτων;
Ψυχὴ ἀμετανόητε, οὐκ ἐνθυμῇ τὴν κρίσιν;   10
οὐ μελετᾷς ἀπόκρισιν περὶ τοῦ ἐκεῖ κόσμου;

NOTES CRITIQUES.

4 Nous avons suivi la leçon de B. Var. A : καὶ σπεύδεις ἐπιδείξασθαι ἀληθινήν γε ταύτην. C : καὶ σπούδασον ἀληθηνὴν ἐπιδεί-
  ξασα ταύτην. D : σπουδάζεις τὲ ἀληθίνην ἐπιδείξασθαι ταύτην.
  E, comme D, sauf la variante δὲ au lieu de τέ.
  La leçon de B est confirmée au second hémistiche par D. E.
  A B C portent καὶ au commencement du vers. Cp. v. 7-8,
  172-174, 253-254, 294-295, 306-308, 310-311.

5 αὐτῆς. A : αὐ..... la syllabe τῆς a disparu.

6 B : σοφοτάτους.

7 C : αὐτῶν. — C : κατορθώσης. D : κατορθώσῃ. Pour le sens de
  ce verbe, Cp. κατορθοῦν τὴν σωφροσύνην, Thesaurus, sans
  citation de l'auteur.

8 C : ἰσχύσης. D : ἰσχύσαις. A. B. D. : φιλανθρωπίαν. E : φιλανθρωπίας.
  Le génitif rend αὐτῆς inutile, et ôte le rapport qui existe
  entre ce pronom et μετάνοιαν au vers 3ᵉ. L'accusatif offre peu
  de sens, et donne un rejet, contrairement aux habitudes de
  Philippe; mais le datif est fréquemment employé, comme ici,
  par les Pères de l'Église, à la fin de leurs homélies.
  Si φιλανθρωπίας est authentique, les mots δι᾽ αὐτῆς auront
  été substitués à διὰ τῆς.

9 λαβεῖν μεγάλην.] C : λαβῆν μεγάλην. D : λαβεῖν μεγάλων, autre
  var. C : μου, au lieu de σου.
  Le besoin du vers a fait éloigner μεγάλων du substantif
  auquel il se rapporte; c'est le voisinage de ἄφεσιν qui a donné
  lieu à la leçon fautive μεγάλην.

10 οὐκ. (D). Var. A. B. C. E. τί οὐκ. L'addition ancienne τί, rend
   le vers faux. Autre var. B. C. : ἐνθυμεῖ pour ἐνθυμῇ.

11 Var. A. B. E. : τί οὐ μελετᾷς ..... ἐκεῖθεν. C : τοῦ μελέτας .....
   ἐκεῖθεν.
   Ce vers est doublement faux dans tous ces mss.; l'erreur
   étant la même qu'au 2ᵉ hémistiche du vers précédent, nous

4-11

καὶ σπεύδεις, ὅση δύναμις, κατωρθωκέναι ταύτην;
καὶ δυσωπεῖς καὶ λιπαρεῖς καὶ δέῃ ταύτης πέρι   5
τῶν διδασκάλων τῶν σοφῶν, καὶ τῶν καθηγεμόνων;
καί γε πυνθάνῃ δάκρυσι πῶς ἂν ἀνύσαις ταύτην,
καὶ πῶς ἰσχύσεις ἄφεσιν εὑρεῖν ἐκ μετανοίας
ὧν πλείστων πεπλημμέληκας παρ᾽ ὅλον σου τὸν βίον;
Τί μὴ λαμβάνεις ἔννοιαν τῆς ὥρας τῆς φρικώδους;   10
τί μὴ μελέτην τίθεσαι πῶς ἂν ἀπολογήσῃ;

NOTES CRITIQUES.

Vers 4   [κατορθωκέναι.]

7   [ἂν ἀνύσαις .....ἰσχύσεις. Changement de mode; comme les
irrégularités de ce genre sont fréquentes chez Phialite, nous
n'avons pas voulu toucher à son texte dans les cas analogues.
Cp. v. 83, 108-112.

Par la même raison nous n'avons rien corrigé aux vers
131, 188, 313, 352, où cependant la substitution du subjonctif à l'optatif paraît demandée par la syntaxe et serait de
plus autorisée par l'itacisme.]

οὐ μεριμνᾷς τὸν θάνατον πῶς μέλλεις ἀποθνήσκειν;
καὶ πῶς ἀπὸ τοῦ σώματος ἔσχατον χωρισθῆναι;
πολλὰ γὰρ ἔπραξας κακὰ ἐν τῷ ματαίῳ βίῳ,

NOTES CRITIQUES.

avons fait la même correction. Cp. D : v. 10. — La leçon
τοῦ de C. ne présente point de sens et provient d'une négligence ou d'une correction maladroite.

Le second hémistiche est, comme le premier, trop long
d'une syllabe, la faute ne peut être cherchée ailleurs que
dans ἐκεῖθεν. Nous avons écrit ἐκεῖ, adverbe qui signifie
l'autre vie, par opposition à ἐνταῦθα la vie d'ici-bas.

D. lacune; elle s'explique par la répétition du même mot,
au commencement de deux vers consécutifs.

12 οὐ μεριμνᾷς.] A. B. C. : τί οὐ μεριμνᾷς. Le vers est encore faux
dans les mss. de la première famille, à cause de l'addition
τί. Cp. v. 10, 11. Autre var. C : μέλλοις.

E. lacune; laquelle s'explique, comme celle de D au vers
précédent, par la répétition du même mot, au commencement
de deux vers consécutifs.

13 χωρϊσθῆναι, Var. B. C. : διαζευχθῆναι; ce dernier mot a été
récrit dans B.

E : γὰρ ζευχθῆναι. Dans B, C, l'hémistiche est faux; dans
E, γὰρ est une cheville, toutefois, dans les habitudes des
Byzantins. Nous adoptons la leçon de A, D, confirmée d'ailleurs par le vers 258 : Ἂν μὲν ἦν δὶς ἀποθανεῖν καὶ αὖθις
χωρισθῆναι. — Πῶς] C : πὸς.

14 C. lacune depuis ce vers jusqu'au 132ᵉ inclusivement.

D : πολλὰ γὰρ ἔπραξας κακὰ ἐν τῷ ματαίῳ βίῳ.

A. B : ψυχὴ πολλὰ κακὰ ἔπραξας ἐν τῶ ματαίῳ βίῳ.

E : ψυχὴ πολλὰ μὲν ἔπραξας κακά τε ἐν τῶ βίῳ.

Le second hémistiche identique dans A B D doit être
maintenu; quant au premier, il a 9 syllabes dans A, B;
il serait facile de le corriger en changeant κακὰ ἔπραξας en
κάκ' ἔπραξας; mais on ne trouve guère d'exemples d'élision
dans notre auteur, si ce n'est avec δέ et τότε, ou avec les
composés de cet adverbe : d'un autre côté les mots πολλὰ,
κακὰ, ἔπραξας donnés à des places différentes par tous les
mss., doivent être conservés; ψυχή n'est donc qu'une glose,
insérée dans le texte de A, B, E, et rejetée par D que nous
suivons. Cp. v. 100, 268, 299, 301.

12-14

καὶ τῶν ἐσχάτων μέμνησαι καὶ τῆς ἐξόδου πλέον;
καὶ τέλος πῶς τοῦ σώματος λυθῆναι μέλλεις ἄφνω;
πολλὰ, Ψυχὴ, σοὶ πέπρακται καὶ χείριστα καὶ φαῦλα,

καὶ σεαυτὴν ἐμόλυνας εἰς πᾶσαν ἁμαρτίαν ·   15
ἐλθόντων οὖν τῶν φοβερῶν ἀγγέλων τοῦ κριτοῦ σου
θελόντων μεταστῆσαι σε τοῦ κόσμου τοῦ προσκαίρου,
οὐαὶ οὐαί σοι, ταπεινὴ, ἂν ληφθῇς ἀμελοῦσα,
ἀνεξαγόρευτος λοιπὸν τοῖς πράκτορσιν ἐκείνοις ·
δεινὸν τὸ ψυχορράγημα καὶ ὁ ἐντεῦθεν κλόνος,   20
πολὺ δὲ χαλεπώτερον ἡ στένωσις ἡ τότε,
ἡνίκα σε κυκλώσουσι γύροθεν τοῦ κραββάτου
οἱ συγγενεῖς, οἱ ἀδελφοὶ, οἱ φίλοι καὶ γνωστοί σου,
καὶ κλαίουσιν, ὀδύρονται, θρηνοῦσιν οἱ παρόντες
εἰδότες ὡς ἀποδημῶν οὐδαμῶς ὑποστρέψεις·   25
Σὺ δὲ, Ψυχή μου, βλέπεις μὲν τὸν κλαυθμὸν καὶ τοὺς θρήνους
σαρκωδεστέροις ὀφθαλμοῖς λοιπὸν βραχυδορκοῦσι ·
φθέγξασθαι δ' οὐ δεδύνησαι, οὐδ' ἐπισχεῖν τὸ πένθος,

NOTES CRITIQUES.

Le copiste de E, plus clairvoyant que ceux de A, B, a remarqué que le vers était faux ; alors il a changé κακὰ en μὲν, et cette correction arbitraire a nécessité un remaniement au second hémistiche.

15 ἐμόλυνας εἰς ..... ἁμαρτίαν. Cp. v. 280. Les Byzantins emploient souvent εἰς au lieu de ἐν; ils imitent en cela les Septante et les écrivains du Nouveau Testament. Cp. St Marc I, 2 : ἠκούσθη ὅτι εἰς οἶκόν ἐστι.

16 οὖν.] D : δὲ.

17 κόσμου.] A : βίου.

μεταστῆσαι σε. La règle de l'accent des enclitiques souffre une exception à la pénultième du premier membre des vers politiques, dans les cas analogues. Voir Psellus, édit. Boisson. notes au bas de la page 389.

18 ληφθῇς.] B : ληφθεὶς.

20 ψυχορράγημα, la mort. B, D : ψυχοράγημα.

22 γύροθεν ou γυρόθεν. Tous les mss. portent γύρωθεν.

κυκλώσουσι ..... κραββάτου.] B : κυκλώσουσιν ..... κραβάττου.

23 οἱ ἀδελφοὶ οἱ φίλοι.] A : καὶ ἀδελφοὶ καὶ φίλοι. B : οἱ φίλοι οἱ ἀδελφοί. Le copiste de ce dernier ms. a changé en κ le second γ de συγγενεῖς.

24 θρηνοῦσιν.] B : θρηνοῦντες.

25 ὑποστρέψεις.] D : ὑποστρέψῃς. E : ἐπιστρέφεις.

27 σαρκωδεστέροις.] E : σαρκοδεστέροις.

λοιπὸν βραχυδορκοῦσι.] D : βραχὺ δέρκουσι λίαν.

28 οὐ δεδύνησαι οὐδ'ἐπισχεῖν.] B : οὐ δύνησαι οὐδαμῶς σχεῖν. — E

ἐμόλυνας, ἠχρείωσας σαυτὴν ταῖς ἁμαρτίαις ·   15
ἂν γοῦν πεμφθεῖεν ἄγγελοι λαβεῖν σ'ἐκ τῶν προσκαίρων,
προστάξαντος τοῦ πλάσαντος καὶ μέλλοντος δικάσειν,
οὐαί σοι πάντως, ἂν ληφθῇς τοῖς μέλλουσιν ἀπάγειν,
ὡς ἀμελὴς, ὡς ἐμπαθὴς, ὡς ἐναγὴς ἀθρόον ·
δεινὸν τὸ ψυχορράγημα, δεινὸς ὁ τοῦδε κλόνος ·   20
πολὺ δὲ χαλεπώτερον ἡ στένωσις ἡ τότε,
ἡνίκα περιστήσονται κύκλῳ τῆς κλίνης πάντες
τῶν συγγενῶν καὶ τῶν γνωστῶν, πατέρων, κασιγνήτων,
δακρύοντες, κωκύοντες, οἰμώζοντες, βοῶντες,
εἰδότες ἀνεπίστροφον τὴν ἔνθεν ἐκδημίαν.   25
Σὺ δ' ἀλλ' ὁρᾷς μὲν, ὦ Ψυχὴ, τὸν πλεῖστον τότε θρῆνον,
ταῖς κόραις ταῖς τοῦ σώματος ἔτ' ἀμυδρὸν βλεπούσαις,
οὐδὲν δ' εἰπεῖν δεδύνησαι τῆς γλώττης νεκρουμένης,

NOTES CRITIQUES.

21 [Phialite a conservé ce vers, sans le retoucher.]

22 [περιστήσωνται, que nous avons corrigé en περιστήσονται.
Cp. v. 271, la leçon de D, E. Κλίνης est surmonté de ce
signe :/ qui renvoie à la marge où on lit : Σιράχ; [pour
Σειράχ, Ecclési. VII, 40] Μιμνήσκου τὰ ἔσχατά σου, καὶ εἰς τὸν
αἰῶνα οὐχ ἁμαρτήσεις.]

26 [Σὺ δ'ἀλλ'. Cp. pour cette locution Eurip. Rhésus., v. 168.
    Σὺ δ'ἀλλὰ γήμας Πριαμιδῶν γαμβρὸς γενοῦ.
    Voir d'autres exemples analogues, dans le Thesaurus, au
mot δέ. Col. 927, C.]

οὐδὲ παραμυθήσασθαι τῶν φίλων σου τὴν λύπην ·
ἀλλὰ πρὸς μόνους ἔχεις σου τὸ βλέμμα τοὺς ἀγγέλους,   30
παρακαλεῖς τε κατὰ νοῦν παράκλησιν μεγάλην ·
« ἐάσατέ με, ἄγγελοι, ὅπως μετανοήσω,
οἰκτείρατε καὶ ἄφετε ἄλλον γοῦν ἕνα χρόνον
τοῦ ζῆσαι καὶ διαφυγεῖν τὸν φόβον τοῦ θανάτου,
ἵνα κλαύσω τὰ πταίσματα ἃ κακῶς εἰργασάμην ·   35
φιλάνθρωπος ὁ Κύριος καὶ ἴσως ἐλεεῖ με ·
ἔκτοτε δὲ λαβόντες με, τὸ κελευσθὲν ποιεῖτε. »
Τότε, Ψυχή μου, λέγουσιν ἀσυμπαθῶς ἐκεῖνοι ·
« ὁ χρόνος σου πεπλήρωται, ἔξιθι τοῦ σαρκίου,

·NOTES CRITIQUES.

porte πάθος au lieu de πένθος.

33 χρόνον, le temps de la vie : ἄφετε ἄλλον γοῦν ἕνα χρόνον :
laissez-moi donc recommencer une autre vie. Pour cette
acception de χρόνος, voir le Thesaurus, et Cp. Isocrate,
Edit. Didot, page 203, B : Τὸν ἐνθάδε χρόνον εὐτυχέστερον
ἐκείνων διαβεβίωκεν.

34 διαφυγεῖν τὸν φόβον τοῦ θανάτου. Échapper à la crainte de la
mort : c.-à-d. si vous me laissez recommencer une autre
vie, je la passerai dans la pénitence, et ainsi lorsque la
mort s'approchera de moi, je serai exempt des frayeurs
qu'elle apporte avec soi et qu'elle m'inspire aujourd'hui.

35 ἵνα κλαύσω τὰ πταίσματα.] A, D, E : νὰ κλαύσω μου τὰ πταίσματα B, ἵνα, le reste comme A, D, E; l'ι est de seconde
main.
     Nous avions d'abord conjecturé καὶ κλαύσομαι τὰ πταίσματα,
d'après la construction analogue de ce passage de Jérémie
IX, 1 : Τίς δώσει κεφαλῇ μου ὕδωρ, καὶ ὀφθαλμοῖς μου πηγὴν
δακρύων, ΚΑΙ ΚΛΑΥΣΟΜΑΙ τὸν λαόν μου. Pour νὰ il ressemble
beaucoup à ναὶ qui au vers 364 se confond, dans nos mss.,
avec καὶ. Mais on nous a fait remarquer que cette forme des
Septante, à coup sûr connue des copistes, rendait notre conjecture téméraire; on nous en a proposé une autre qui est
celle que nous avons adoptée. Il faut voir dans μου une cheville insérée après que ἵνα fut devenu la conjection romaïque
νά.

37 λαβόντες με.] B : λαμβάνοντες.

39 ἔξιθι. D : ἔξειθϊ. Ce vers est reproduit dans la Turcogrécie de
Crusius, p. 198, d'après un ms. acheté à Constantinople en

οὐδ᾽ αὖ παραμυθήσασθαι τὸν κοπετὸν τῶν φίλων ·
ἀλλ᾽ ἔχεις μὲν τὸ βλέμμα σου πρὸς μόνους τοὺς ἀγγέλους, 30
καὶ κατὰ νοῦν παράκλησιν παρακαλεῖς μεγίστην ·
« ἐάσατέ με, λέγουσα, τοῦ μεταγνῶναι χάριν,
καὶ θρήνοις ἀπονίψασθαι τοὺς ῥύπους τῶν πταισμάτων,
ἐάσατε, ναὶ δέομαι, κἂν ἐπὶ χρόνον ἕνα,
ὥστε καὶ ζῆσαι καὶ φυγεῖν τοὺς τύπους τῶν σφαλμάτων, 35
καὶ τὸν φιλανθρωπότατον ἵλεων σχεῖν δεσπότην ·
καὶ τότε συμπεράνατε τὸ προσταχθὲν λαβόντες. »
Ἀλλ᾽ ἀφειδῶς σοι λέγουσι, Ψυχή μου, τότ᾽ ἐκεῖνοι ·
« ὁ χρόνος σου πεπλήρωται, τοῦ σώματος ἐξέρχου,

NOTES CRITIQUES.

30 βλέμμα.] E : ὄμμα.
31 κατὰ νοῦν. L'accent aigu, non l'accent grave, rend le vers
   faux lorsqu'il est placé sur la 7e syllabe du premier
   hémistiche. Cp. Tzetzès. Edit. Boisson. Allégor. Iliad. M,
   83 : Πρὸς πᾶν τὸ τεῖχος δὲ τὸ πῦρ ἔλαμπεν ἐκ τῶν ὅπλων.
   Cp. encore I, 52 ; Φ. v. 65, etc.

ὁ δικαστὴς προσέταξεν ὁ φοβερὸς καὶ μέγας,   40
ἵνα σε μεταστήσωμεν ἀπὸ τοῦ κόσμου τούτου ·
τοὺς χρόνους ὅλους ἔζησας ἐν πάσῃ ἀμελείᾳ,
ἐν ἀναπαύσει καὶ τρυφῇ τούτους ἐκδαπανῶσα ·
ὥρας οὐκ ἐμνημόνευσάς ποτε τῆς τοῦ θανάτου ·
νῦν ὅτε σε λαμβάνομεν, ἐμνήσθης μετανοίας ·   45
πάντως δὲ ὑπεμίμνησκον πᾶσαι Γραφαί σε πάντα ·
ἃ μέλλει μετὰ θάνατον συμβαίνειν σοι, ἀθλία ·
οὐ καθ᾽ ἑκάστην ἔβλεπες, ὁμῶς, τοὺς τελευτῶντας,
ἁρπαζομένους ἐκ τῆς γῆς γέροντάς τε καὶ νέους;
Πῶς οὖν οὐ μετενόησας τῷ παρελθόντι χρόνῳ;   50

NOTES CRITIQUES.

4577 par Gerlachius; la variante ἔξελθε nous indique que
ce ms. n'est pas l'un de ceux qui sont conservés à la
Bibliothèque nationale.

40 προσέταξεν. Β : πρὸς ἔταξεν.

44 μεταστήσωμεν.] Α, Β : μεταστήσωσϊν. Seule, la leçon μεταστή-
       σωμεν de D, E est admissible; ce sont les anges qui
       parlent. Cp. v. 42 : ἔζησας et non ἔζησεν. Cp. surtout v. 45 :
       λαμβάνομεν.

42 ἀμελείᾳ.] D : τῇ ῥαστώνῃ.

43 ἀναπαύσει.] Β : ἀναπαύσῃ. D seul : τρυφῇ.

45 λαμβάνομεν.] D : λαμβάνωμεν.

46 δὲ correction de.γὰρ leçon de tous les mss.; la paléographie
       et le sens l'autorisent.
       ὑπεμίμνησκον.] Β : ὑπεμίμνισκον.

47 καθ᾽ ἑκάστην. Chaque jour, avec ellipse de ἡμέραν. Au sujet
       de cette ellipse on peut consulter Grégoire de Corinthe,
       p. 33, Lambert Bos, Ellipses Græcæ, éd. Schæfer, p. 459,
       n. h.

49 τῆς γῆς. Nous aurions essayé de corriger ce vers, comme
       ayant l'accent circonflexe sur la 7e syllabe du premier
       hémistiche, si nous n'en avions rencontré des exemples,
       assez rares toutefois, chez Tzetzès, Edit. Boisson. Cp. le
       v. 269 des Prolégomènes, où le premier hémistiche se ter-
       mine, comme ici, par τῆς γῆς. Διαρθρωθείσης γὰρ τῆς γῆς
       ὁμοῦ καὶ τῆς θαλάσσης. et Iliad. Π. 8 : Ἐκ τοῦ κειμένου νῦν
       τῆς Πϊ Ὁμήρου ῥαψῳδίας.

50 οὐ μετενόησας.] Ε : ἀμετενόησας. Τῶ] D. τῷ.

40-50

δ δικαστὴς προσέταξε, τὸ πέρας ὅρον ἔχει,　40
ἀνάγκη χωρισθῆναι σε τῆς ὕλης παραυτίκα ·
τὸν χρόνον ὅλον ἔζησας κατερρᾳστωνευμένως,
τὸν βίον ἐδαπάνησας, ἀνάλωσας εἰς μάτην ·
οὐ μνήμην ἔσχες πώποτε τῆς ὥρας τῆς ἐσχάτης,
καὶ νῦν μεταμεμέλησαι καὶ μόλις ἔχεις μνήμην.　45
Οὐκ ἤκουες ἑκάστοτε Γραφῶν μαρτυρομένων
τίνα σοι μετὰ θάνατον συμβήσεται τὰ πάθη;
οὐ καθ᾽ ἑκάστην ἔβλεπες τοὺς ἔνθεν ἐκδημοῦντας
πρεσβύτας, νέους, γέροντας ἁρπαζομένους γῆθεν;
καὶ πῶς οὐ μετενόησας, καὶ πῶς οὐχὶ μετέγνως;　50

NOTES CRITIQUES.

41 [χωρισθῆναι σε. Pour l'accent v. la note sur le vers 17e de
Philippe.]
42 [κατερρᾳστωνευμένως, vivant dans la mollesse et l'indolence.]

Ἕπου λοιπὸν, ἀπέλθωμεν ἄρτι πρὸς τὸν δεσπότην
τὸν σόν τε καὶ ἡμέτερον δημιουργὸν καὶ πλάστην. »
  Τότε δὴ χωρισθεῖσα σὺ ἐξ αὐτῶν τῶν ὀνύχων,
ἐκ πάσης ἁρμονίας τε, ἐξ ὅλης τῆς σαρκός σου,
παραλαμβάνῃ δυστυχῶς τοῖς φοβεροῖς ἀγγέλοις.   55
Οὐ παίδων τότ᾽, οὐ γυναικὸς φροντίζεις, ὦ Ψυχή μου ·
τὴν κρίσιν μόνον δέδοικας, τὴν ψῆφον ὑποτρέμεις,
ὁποίαν ἄρα δώσει σοι ὁ δικαστὴς ἐνδίκως.
Ποῦ τηνικαῦτα χρήματα καὶ κτήματα καὶ πλοῦτος;
ποῦ συγγενεῖς, ποῦ ἀδελφοί, ποῦ γονεῖς τε καὶ φίλοι;   60
οὐδεὶς ἐκ τούτων δύναται, Ψυχή μου, βοηθεῖν σοι.

NOTES CRITIQUES.

54 ἕπου.] A, B, E : ἔπου.
53 τότε δὴ χωρισθεῖσα σὺ.....] σὺ χωρισθεῖσα τότε δὴ..... D.
54 ἐξ ὅλης τῆς σαρκός σου.] A : καὶ ἐξ ὅλης σαρκός σου.
    La leçon que nous avons suivie est celle de B, D, E ; elle
est commune à des mss. de famille diverse. La conjonction
καὶ pourrait recommander la leçon de A, s'il s'agissait d'un
auteur qui ne négligeât pas les liaisons, comme le fait souvent Philippe. A ce sujet Cp. v. 23, 24, etc., etc.
55 παραλαμβάνῃ δυστυχῶς.] B : παραλαμβάνει δϊστυχῶς. — E :
    δυστηχῶς.
56 γυναικός.] A : γυναικῶν. Lacune dans D.
    Quant à γυναικός, leçon de B, E, que nous avons adoptée,
Cp. v. 272, où tous les mss. portent γυναικὸς καὶ τέκνων.
57 μόνην.] A : μόνη — ὑποτρέμεις.] E : ἀναμένεις.
58 ὁποίαν ἄρα.] D : ὀποῖαν ἄρα.
59-69 Ces vers sont imités d'un passage de l'Homélie de
    S¹ J. Chrysostome, en faveur d'Eutrope ; le voici : Ποῦ νῦν οἱ
    πεπλασμένοι φίλοι ; ποῦ τὰ συμπόσια καὶ τὰ δεῖπνα ; ποῦ ὁ τῶν
    παρασίτων ἐσμὸς, καὶ ὁ δι᾽ ὅλης ἡμέρας ἐγχεόμενος ἄκρατος,
    καὶ αἱ ποικίλαι τῶν μαγείρων τέχναι, καὶ οἱ τῆς δυναστείας
    θεραπευταὶ, οἱ πάντα πρὸς χάριν ποιοῦντες καὶ λέγοντες ; Νὺξ
    ἦν πάντα ἐκεῖνα καὶ ὄναρ, καὶ ἡμέρας γενομένης ἠφανίσθη ·
    ἄνθη ἦν ἐαρινὰ, καὶ παρελθόντος τοῦ ἔαρος ἅπαντα κατεμαράνθη ·
    σκιὰ ἦν, καὶ παρέδραμε · καπνὸς ἦν, καὶ διελύθη · πομφόλυγες
    ἦσαν, καὶ διερράγησαν · ἀράχνη ἦν, καὶ διεσπάσθη. Edit.
    Gaume. Vol. III, p. 454-455.
60 συγγενεῖς. B : συγκενεῖς.

χωρῶμεν ἄρτι, τὸ λοιπὸν ἄγωμεν πρὸς τὸν κτίστην,
καὶ τάχος ἕπου πρὸς αὐτὸν τόν γε κριτὴν καὶ πλάστην. »
    Καὶ γοῦν ἐξ ὅλης λέλυσαι τῆς ἁρμονίας βίᾳ,
καὶ τῶν μελῶν καὶ τῶν φλεβῶν καὶ τῶν ὀνύχων ἄπο,
ἀπάγῃ φρικωδέστατα τοῖς φοβεροῖς ἀγγέλοις.   55
Οὐκ ἔχεις τότε γυναικὸς, οὐ παίδων ὅλως μνήμην ·
τὴν κρίσιν μόνην δέδοικας, τὴν ψῆφον ὑποτρέμεις,
τίς ἂν ἐπενεχθείη σοι πρὸς τοῦ κριτοῦ σὺν δίκῃ ;
Ποῦ τοίνυν τότε κτήματα, ποῦ χρήματα, ποῦ πλοῦτος ;
ποῦ συγγενεῖς, κασίγνητοι, ποῦ φίλοι, ποῦ πατέρες ;   60
οὐδείς σοι τότε βοηθός, οὐδεὶς ὁ συλλαμβάνων.

NOTES CRITIQUES.

52 [ἕπου πρὸς αὐτόν. C'est la première fois que nous voyons le
   verbe ἕπομαι suivi de la prépos. πρός.]
61 [Ce vers oublié par le copiste, a été ensuite par lui écrit à
   la marge. Pour l'article dans ὁ συλλαμβάνων, Cp. Soph.
   Electre 1497.]

Ποῦ τραπεζῶν ἀβρότητες, μαγείρων μαγγανεῖαι,
βρωμάτων καὶ πομάτων τε κόρος καὶ ποικιλία;
ποῦ τῶν λουτρῶν ἡ ἄνεσις, αἱ σαρκὸς θεραπεῖαι;
ποῦ τῶν αὐλῶν τὰ θέλγητρα, τὰ τύμπανα καὶ λύραι,   65
ἡδυφωνίαι φόρμιγγος, καὶ πάντα τὰ σπιλοῦντα;
ποῦ ἡ χαρὰ ἡ πρόσκαιρος τοῦ βίου καὶ ματαία;
Ὡς ὄναρ παρελήλυθεν, ὡς καπνὸς διελύθη,
ὡς κόνις ὑπὸ λαίλαπος ἀθρόως ἐσκεδάσθη.
Ψυχή μου, τί ὠφέλησε τὸ πήλινον σαρκίον,   70
ὃ λίαν ἐθεράπευες νύκτας καὶ τὰς ἡμέρας;
τὸ σῶμα γὰρ ἐπόρνευεν ἔχον τὰς ἀναπαύσεις ·
ἐκεῖνο μὲν οὖν σέσηπται, σὺ δ' ἔχεις τὰς ὀδύνας ·

NOTES CRITIQUES.

62 μαγγανεῖαι. A : μαγκανεῖαι.

63 καὶ πομάτων τε. Τε est employé par les Byzantins pour remplir le vers ou l'hémistiche. Plusieurs exemples de cette licence sont cités dans le Thesaurus Col. 1917-1918. Cp. Philippe lui-même, Dioptra I, 1.

> Πολλοὺς μὲν ἔχομεν ὁμοῦ καὶ χρόνους καὶ καιρούς τε.

64 αἱ σαρκὸς θεραπεῖαι.] B : καὶ σαρκὸς θεραπεία. La note sur le vers 54 peut s'appliquer à celui-ci.

66 A, B, E : ἡδυφωνίαι φόρμιγγες.] D : ἡδυφωνία φόρμιγγες. Nous avons cru devoir corriger ce premier hémistiche en ἡδυφωνίαι φόρμιγγος. Dans cette phrase où le nom des instruments de musique est déterminé, αὐλοί, τύμπανα, λύραι, φόρμιγξ, l'expression ἡδυφωνίαι serait trop vague. D'ailleurs Cp. notre correction, avec αὐλῶν τὰ θέλγητρα du vers précédent. Le changement de ο en ε est ancien et s'explique par la paléographie et le nominatif des noms qui précèdent.
σπιλοῦντα. (B. D.). A : σπιλώδη, E : ῥυποῦντα.

67 καὶ ματαία.] D : ἡ ματαία.

68 ὡς καπνὸς διελύθη.] E : καὶ ὡς καπνὸς ἐλύθη. Διελύθη ne devint ἐλύθη qu'après que l'addition de la liaison καὶ eut rendu le vers faux.

71 νύκτας καὶ τὰς ἡμέρας (A, D, E) : Var. B : νύκτας τε καὶ ἡμέρας· La leçon de B plus régulièrè que l'autre nous paraît provenir d'une correction du copiste.

72 ἔχον.] B : ἔχων.

73 σέσηπται.] A : σέσηπτε. [καὶ τοῖς ἐπιτηδεύμασι. Le ms. porte

62-73

Ποῦ τραπεζῶν ἁβρότητες, ποῦ τῶν μαγείρων τρίψεις;
ποῦ θρύψις, ποῦ τὰ βρώματα, ποῦ πόματ' ἀνθοσμίου;
ποῦ τῶν λουτήρων ἄνεσις, ποῦ σκήνους ἀναπαύσεις;
ποῦ μέλη, ποῦ τὰ κύμβαλα, ποῦ τῶν φορμίγγων θέλξεις;　65
ποῦ πάντα γένη μουσικῶν, ποῦ χοροτύπων κρότοι,
δι' ὧν καταπολαύομεν ἡδέων τῶν προσκαίρων;
Ὡς ὄναρ τι παρέδραμεν, ὡς τέφρα τις ἐλύθη,
ὡς κόνις ὑπὸ λαίλαπος ἀθρόον ἐσκεδάσθη.
Τίς ὄνησις προσγέγονε τοῦ σκήνονς τοῦ πηλίνου,　70
ὃ νύκτωρ ἐθεράπευες, καὶ μεθ' ἡμέραν πλέον;
καὶ νῦν μὲν τοῦτο σέσηπται σπατάλαις ἐκπορνεῦσαν
καὶ τοῖς ἐπιτηδεύμασι · σὺ δ'ἔχεις τὰς ὀδύνας ·

NOTES CRITIQUES.

62-63 [Nous avons interverti l'ordre qu'ont ces vers dans la
　　diorthose, pour leur donner celui qu'ils ont dans les mss.
　　de Philippe.]
64 [ἀναπαύσεις correction de ἀνάπαυλαι qui rendait le vers
　　faux; l'identité du sens et la similitude de l'orthographe,
　　dans ces deux mots, doivent être la cause de l'erreur. Cp.
　　Philippe, v. 72. Σκήνους, le corps. Pour cette signification
　　V. le Thesaurus.]
70 [πηλήνου.]

ὄμμα κακῶς ἠτένιζεν ἐμπαθῶς βλεμματίζον,
ἦν γλῶσσα φιλολοίδορος ὕβρεσι τερπομένη,   75
ἡ ἀκοὴ πᾶν μάταιον ἠσπάζετο καὶ φαῦλον,
αἱ χεῖρες ξένους ἔτυπτον καὶ ὀρφανοὺς καὶ χήρας,
ἁρπαγαῖς μᾶλλον ἔχαιρον, οἰκέτας ἐμαστίγουν,
οἱ πόδες πάντοτ' ἔτρεχον εἰς πράξεις τὰς ἀτόπους,
εἰς μάχας, εἰς τὰ θέατρα, εἰς τὰς ὀρχήστρας, οἴμοι!   80
Νῦν οὖν, Ψυχὴ, σὺ μὲν πενθεῖς, καὶ τρέμεις καὶ στενάζεις ·
τὸ σῶμα δὲ βιβρώσκεται σκώληξιν ἐν τῷ τάφῳ.

Ψυχὴ, τίς διηγήσεται τὴν φοβερὰν ἡμέραν,
καὶ τὴν ἀνάγκην τὴν πολλὴν ἣν μέλλεις ὑπομένειν,
ὅταν ἀπὸ τοῦ σώματος ποιῇ τὴν ἐκδημίαν;   85
Οἱ δαίμονες ἀθροίζονται ἐγγύθεν παρεστῶτες,
καὶ τῷ ζυγῷ χειρόγραφα τιθοῦσι τῶν σῶν ἔργων,

NOTES CRITIQUES.

κάν au lieu de καὶ : cette crase rend la phrase obscure et
irrégulière ; le sens nous a suggéré καί qui, pour l'orthographe, a tant de similitude avec κάν. Pour la confusion de
ces deux mots Cp. Grégoire de Corinthe, notes : p. 64.

74 κακῶς.] B : πικρῶς. — ἠτένιζεν (A, B, E.) D : ἠτένιζες.
βλεμματίζον est une correction, demandée par la syntaxe,
de βλεμματίζων leçon de tous les mss.

75 ἦν γλῶσσα, correction. Tous les mss. portent ἡ γλῶσσα. La
substitution de l'article à l'imparfait provient sans doute
ou du voisinage de γλῶσσα, ou de ἡ qui commence le vers
suivant. Cp. Phialite, même vers : λοίδορον ἦν τὸ στόμα.
φιλολοίδορος (A, D, E.) B : φιλολοίδωρος.

78 οἰκέτας. B : ἱκέτας.

79 παντότ'. Pour cette élision Cp. v. 14, la note.
ἀτόπους.] B : ἀθέσμους, de seconde main.

80 ὀρχήστρας (E). A, B, D : ὀρχίστρας.

81 νῦν οὖν, Ψυχὴ, σὺ μὲν πενθεῖς. (A, B et D sauf dans ce dernier,
πενθῆς pour πενθεῖν.) E : νῦν οὖν σὺ, Ψυχὴ, πενθεῖς, hémistiche faux.

82 Τῷ τάφῳ] τῶ τάφω A, B, E.

84 πολλὴν.] B : πολὴν.

85 ποιῇ (A. D.). B, E : ποιεῖ.

86 παρεστῶτες.] E : παριστῶντες.

87 τιθοῦσι. Cette forme est en usage chez les écrivains byzantins.
« Pluralem usurpat Ephræm. Cæs. 8204, ἐντιθοῦσιν · 8708,

ἔβλεψεν ὄψις ἐμπαθῶς, ἠτένισεν ἀσέμνως,
ἐξύβρισεν ἡ γλῶττα σοι, λοίδορον ἦν τὸ στόμα,   75
ὦτ' ἔχαιρεν ἀκούσμασιν ἀσέμνοις καὶ βεβήλοις,
ἔπαιον χεῖρες ὀρφανοὺς, ἐμάστιζον τὰς χήρας,
οἰκέτας ἐκονδύλιζον, διήρπαζον ἐν βίᾳ,
ὀξεῖς οἱ πόδες τρέχοντες ἀσέμνους ἐπὶ πράξεις,
ὀρχήστρας, ἐπὶ θέατρα, καὶ μιαιφόνους μάχας.   80
Νῦν ἴδε σοι μὲν ἔγκειται πολύδακρυς ἀνάγκη ·
τὸ σῶμα δὲ βιβρώσκεται τοῖς σκώληξι καὶ φθίνει.
  Τίς ποτ' ἐξείποι γηγενῶν ἢ παραστήσει λόγῳ,
ἣν μέλλεις ὑποστήσεσθαι περίστασιν ἀνάγκης,
ἐπὰν ἀποχωρίζεσθαι τοῦ σώματος ἐπέλθοι;   85
Οἱ δαίμονες ἐφίστανται σκοτεινομόρφῳ θράσει,
φορτία καὶ χειρόγραφα κομίζοντες τῶν ἔργων,

NOTES CRITIQUES.

74 [ἐμπαθῶν, que nous avons corrigé en ἐμπαθῶς. Cp. une
   faute du même genre, v. 113.]

75 [γλῶττα σοι. Pour l'accent, voir la note sur le vers 17.]

83 [ἐξείποι .....ἢ παραστήσει; pour ce changement de mode, Cp.
   v. 9 et voir la note.]

86 [σκοτεινομόρφῳ; nous serions porté à conjecturer σκοτεινόμορφοι; le datif aurait été amené par le mot suivant θράσει.]

ἄγγελοι δὲ σταθμίζουσι ταῦτα σὺν ἀκριβείᾳ,
ἂν τε πτωχὸν ἠδίκησας, ἂν τε φόνον εἰργάσω,
ἂν ἔκλεψας, ἂν ὤμοσας, ἂν συκοφάντης ὤφθης,   90
ἂν τὸν πλησίον ἔβλαψας, ἂν μοιχὸς ἐφωράθης,
ἂν ἐψευδομαρτύρησας, ἂν οὐκ ἠγάπας πάντας ·
ἅπαντα δ' ὅσα ἥμαρτες, ἐξότου ἐγεννήθης,
ἐν γνώσει, καὶ ἀγνοίᾳ τε, ἑκὼν ἢ πάλιν ἄκων,
πάντα σου τὰ χειρόγραφα εἰσάγουσι σπουδαίως   95
οἱ δαίμονες, ὡς ἔφημεν, ἁρπάσαι σε ζητοῦντες,
τῆς πλάστιγγος κατωφεροῦς τῷ πλήθει γενομένης ·
οἱ ἄγγελοι δὲ φέροντες τὰς ἀγαθάς σου πράξεις,

NOTES CRITIQUES.

» τιθοῦσι, aliique Byzantini. » Thesaurus. Col. 2163. A.
τιθοῦσι.] A : τϊθῶσϊ — Τῷ ζυγῷ, D] τῶ ζυγῶ, A, B, E.

88 σταθμίζουσι.] B : σταθμίζονται. — Σὺν A, B, E.] D : ἐν.

89 ἂν.....ἠδίκησας. Les écrivains byzantins emploient ἂν avec
l'indicatif. V. Thesaurus, col. 297-298. Cp. Rufin. Anth.
Palat. 5, 41, 5 : Ὅταν ἐστὶν ἔσω, κεῖνος δ' ὅταν ἔξω. Paul
Silent.: 9, 651, 3 : Εἰς ἐμὲ γὰρ κροκόπεπλος ὅταν περικίδ-
ναται Ἠώς. Cp. aussi Philippe v. 201, 202, 271, etc. où
tous les mss. sont d'accord pour donner ἂν avec l'indicatif.
ἂν τε. Var. E : εἴ τε. Correction arbitraire du copiste.

90 ἂν ἔκλεψας, ἂν ὤμοσας..... A, D]. Transposition dans B, E :
ἂν ὤμοσας, ἂν ἔκλεψας. D : le second hémistiche manque ;
ainsi que le premier du vers suivant, de sorte que les
2 vers 91-92 n'en font qu'un dans D. Les hémistiches de
ces deux vers commencent par le même mot ; c'est là la
cause de l'omission. L'homoïotéleute a pu aussi égarer le
copiste.

91 ἐφωράθης.] B : ἐφώράθης. D : ἐφοράθης. Dans ce ms. le premier
hémistiche manque.

92 ἐψευδομαρτύρησας.] B : ἐψευδομαρτύρισας.

93 ἅπαντα δ'.] D : δ' est omis.

94 καὶ ἀγνοίᾳ τε, B, D, E]. A : ἐν ἀγνοίᾳ τε. — ἢ πάλιν, B, D, E].
A : καὶ πάλιν.

95 εἰσάγουσι.] D : εἰσάγουσα.

96 ἔφημεν. S. doute forme byzantine pour ἔφαμεν. Cette leçon est
commune à tous les mss.

97 κατωφεροῦς.] B : κατωφερους. — Τῷ D.] τῶ. A, B, E.

88-98

οἱ δ' ἄγγελοι σταθμίζουσιν ἡμέρως προσελθόντες,
ὁ φόρτος δ', ἂν ἠδίκησας, ἂν φόνον ἐξεπράξω,
ἂν ὤμοσας, ἂν ἔκλεψας, ἂν συκοφάντης ὤφθης,   90
ἂν ἐφωράθης γε μοιχὸς, ἢ πόρνος, ἢ καὶ σίντης,
ἂν κατεπήρθης ἀδελφῶν, ἢ κατεψεύσω φίλων,
ἁπλῶς εἰπεῖν τὸν ἅπαντα κατάλογον σφαλμάτων,
ἑκὼν κἂν ἄκων ἔπραξας, ἀγνοίᾳ κἂν ἐν γνώσει,
τὰ πάντα ταῦτα φέρουσι φόρτον φρικτὸν ἐπ' ὤμων,   95
τὸ φῦλον τὸ χαιρέκακον ἁρπάσαι σε ζητοῦντες,
ἂν ῥέψῃ πλάστιγξ μάλιστα τῷ βάρει τῶν σφαλμάτων ·
οἱ δ' ἀγαθοὶ τὰς ἀγαθὰς κομίζοντές σου πράξεις

NOTES CRITIQUES.

94 [ἀγνοίᾳ est surmonté d'un ξ lequel renvoie, à la marge, à
ce passage d'Anastase * sur les péchés commis par ignorance:

Τὰ μὲν ἐν γνώσει ἁμαρτήματα, εἰσὶν (sic) ὅσα τὸ ἴδιον
συνειδὸς ἐλέγχει σε ὅτι κακῶς πράττεις, τὰ δὲ ἐν ἀγνοίᾳ ὅσα
νομίζεις ὅτι καλῶς πράττεις πονηρὰ ὄντα. Χρὴ δὲ γινώσκειν
ὅτι πολλά εἰσι κατὰ ἄγνοιαν ἐπιτελούμενα καθ' ὑπερβολὴν
μεῖζον κρίμα τῶν ἐν γνώσει ἔχοντα. Πᾶσαι γὰρ αἱρέσεις δοκοῦσιν
ὅτι καλῶς πιστεύουσι, καὶ οἱ Ἕλληνες οἱ τοὺς μάρτυρας κολά-
σαντες, ἐνόμιζον ὅτι καλῶς διαπράττονται, καὶ οἱ τὰς ἐκκλη-
σίας καίοντες, εἰς θυσίαν Θεοῦ εἶναι τοῦτο νομίζουσι, καὶ οἱ
Χριστὸν σταυρώσαντες οὐκ οἴδασι τί ἐποίουν, καὶ Ἡρώδης δι'
εὐορκίαν, ὡς νομίζειν καλῶς, τὸν Ἰωάννην ἐφόνευσε, καὶ ἡ
ἀδελφὴ Μωσέως ἡ λαιπρωθεῖσα (sic), ἐδόκει ὅτι νομίμως τὸν
Μωϋσῆν ἐλοιδόρει, διὰ τὸ λαβεῖν αὐτὸν γυναῖκα ἐκ τῶν ἀπε-
ριτμήτων, καὶ Αἰθιόπισαν (sic) · ταῦτα δὲ ἀναγκαίως ἐπίστασθαι,
ἵνα μὴ νομίσωμεν ἀνευθύνους ἑαυτοὺς εἶναι ἐπὶ τοῖς ἐν ἀγνοίᾳ
ἁμαρτήμασιν.

D contient aussi ce passage avec les variantes qui suivent:
ligne 4, τὰ κατὰ; ligne 5, ἐχόντων. ..... αἱ αἱρέσεις. 8 :
inversion. τοῦτο εἶναι. 9 ὁ Ἡρώδης. 11 Μωϋσέως ἡ λιπρωθεῖσα.
12 ἐλοιδόρησε.]

95 [πάντα ..... φέρουσι. Phialite se sert ici du pluriel pour le
besoin du vers; Cp. 107, 211. Il a employé le singulier dans
un cas analogue, au vers 76.]

* J'avertis une fois pour toutes que je me borne à transcrire les passages d'auteurs ecclésiastiques, consignés à la marge des mss. D, P, sans
entreprendre la correction qu'ils réclament.

τιθοῦσιν εἰς τὸ ἕτερον μέρος τὸ τῆς τρυτάνης.
Τότε ἐὰν ἠλέησας ὀρφανούς τε καὶ χήρας,   100
ἄνπερ ἐφαγοπότησας πεινῶντας καὶ διψῶντας,
γυμνοὺς ἐὰν ἐνέδυσας τετρυχωμένους κρύει,
ἂν ἐπεσκέψω φυλακαῖς καὶ νόσοις ἰσχομένους,
ξένους ἐὰν συνήγαγες ἔνδον σου τῆς οἰκίας,
ἂν ἐβοήθησάς ποτε τοῖς καταπονουμένοις,   105
καὶ ἕτερα παρόμοια τούτων ἄνπερ εἰργάσω,
μεγάλως βοηθοῦσι σοι ἐν τῇ ὥρᾳ ἐκείνῃ.
Ὁπόταν οὖν προφέρωσιν ἀμφότεροι τὰς πράξεις,
οἱ μὲν αἰσχρὰς καὶ πονηρὰς, βεβήλους, ἀκαθάρτους,
οἱ δὲ τὰς φίλας τῷ Θεῷ, καὶ πᾶσι τοῖς δικαίοις,   110

NOTES CRITIQUES.

99 τιθοῦσιν. D.] A, B, E : τϊθῶσιν. Cp. v. 87. Voir la note.

100 Τότε ἐὰν.] A : τότε ψυχὴ ἐὰν..... B, E : τότε Ψυχὴ ἂν..... D :
ψυχὴ ἐὰν.
Le vers est faux dans A, B, E; le copiste de D l'a corrigé
en supprimant τότε; nous pensons que la suppression doit
tomber sur ψυχή, intrusion ancienne, toute naturelle, puisqu'on s'adresse à l'âme dans ce vers. Cp. v. 14, la note.

101 ἐφαγοπότησας.] A, D : ἐφαγοπότισας. Donner à manger et à
boire, allusion à l'Évangile de St Matthieu XXV, 35. Ce
mot mérite d'être noté pour sa composition et les deux
accusatifs que régit séparément chacune de ses deux
parties. Le substantif φαγοπότιον a été employé par Emmanuel Georgillas. V. Gloss. de Du Cange.

103 ἰσχομένους, correction.] A : ἠσκημένους. B, D : ἰσχυμένους. E :
ἠσχυμένους. En outre, au lieu de ἐπεσκέψω, B porte ἐπισκέψω
avec une correction illisible, au-dessus de ce mot.

104 συνήγαγες. B, E.] D : ἐσυνήγαγες. A : εἰσήγαγες. La bonne
leçon est évidemment celle de B, E : d'ailleurs Cp. St Matthieu dont ce vers est imité XXV, 35 : Ξένος ἤμην καὶ
συνηγάγετέ με, et plus loin v. 38, 43. St Jude. Epitr. XIX, 15.

106 ἄνπερ correction de εἴπερ leçon de tous les mss. Cp. v. 89 et
les suivants, et plus bas le 258e.
παρόμοια.] B : παρ᾽ ὅμοια.

107 βοηθοῦσι, correction. A, D, E, βοηθῶσι. B, βοηθῶσιν. βοηθοῦσι
σοι, pour l'accent Cp. la note sur le vers 17e. D est le seul
ms. où les mots τῇ ὥρᾳ ἐκείνῃ, aient l'ι souscrit.

108 ἀμφότεροι.] D : ἀμφότερα.

θατέρῳ μέρει πλάστιγγος τιθέασιν εὐθύμως.

Τάδ᾽ ἔστιν, ἂν ἠλέησας, ἂν ὀρφανῶν ἐφείσω,   100
ἂν ἔθρεψας λιμώττοντας, ἐπότισας διψῶντας,
ἂν καὶ γυμνοὺς σκεπάσμασιν ἐσκέπασας ὡς εἶχες,
ἂν ἐπεσκέψω τοὺς εἱρκταῖς ἢ νόσοις κρατουμένους,
ἂν ξένους συνεισήγαγες, ἂν ἐφιλοφρονήσω,
ἂν δή τισιν ἐπήρκεσας τῶν καταπονουμένων,   105
ἂν ἄλλο παραπλήσιον εἰργάσω τοῖς ῥηθεῖσι,
ταῦτά σοι συλλαμβάνουσι τὴν ὥραν τὴν φρικώδη.
Ὁπόταν οὖν ἑκάτεροι κομίσειαν τὰς πράξεις,
οἱ βέβηλοι τὰ βέβηλα καὶ φαῦλοι τά γε φαῦλα,
οἱ φωτεινοὶ τὰ τοῦ φωτός, οἵ τε χρηστοὶ χρηστά γε,   110

NOTES CRITIQUES.

102 [ὡς εἶχες, comme tu pouvais. La conjecture οἷς pour ὡς nous
     semblerait assez plausible quoique, dans ce petit poème,
     nous n'ayons pas observé d'exemples d'attraction chez
     Phialite.]

καὶ βάλωσιν ἑκάτεροι ταῖς πλάστιγξι τὰς πράξεις,
κατωφερὲς δὲ γένηται τὸ μέρος τῶν πλειόνων,
σκιρτῶσί τε καὶ χαίρουσιν οἱ τούτων προεστῶτες ·
οἱ δ᾽ ἕτεροι στυγνάζουσι τυχὸν ὡς ἡττηθέντες ·
[καθώσπερ καὶ Γρηγόριος ὁ Διάλογος γράφει,   115

NOTES CRITIQUES.

111 βάλωσιν ἑκάτεροι, Ε.] B : βάλωσι ἑκάτεροι. D : βάλλωσιν ἑκάτεροι.
   A : βάλωσιν ἀμφότεροι. — Ἑκάτεροι se trouve dans des mss.
   de famille différente; ἀμφότεροι dans A n'est qu'une rémi-
   niscence du vers 108e, ou bien, l'erreur a été causée par la
   synonymie des deux mots. Ἑκάτεροι dans l'un et l'autre
   vers conviendrait mieux, d'après cette distinction que Am-
   monius (page 14) établit entre les deux pronoms : Ἀμφότεροι
   καὶ ἑκάτεροι διαφέρουσιν. Ἀμφότεροι τὴν δοκὸν μίαν οὖσαν
   φέρουσιν. Ἑκάτεροι δέ, ἐπειδὰν χωρὶς ἑκάτερος τὸ ἑαυτοῦ πράττῃ,
   οἷον · ἑκάτερος αὐτῶν δοκὸν φέρει, ἤτοι ὅταν ἑκάτερος αὐτῶν μίαν
   φέρῃ κατ᾽ ἰδίαν.
      πλάστιγξι. D.] A, B, E : πλάστιξι.

113 τε A, B.] D, E : δέ; erreur causée par le vers précédent où
   δέ occupe la même place que τε dans celui-ci.— προεστῶτες
   A, D, E.] Var. B : παρεστῶτες (sic).

114 στυγνάζουσι τυχὸν D, E.] B : στυγάζουσι στὕχὸν (récrit) A :
   στυγνάζουσι λοιπόν. C'est le mot στυγάζουσι qui aura induit
   le copiste de B à écrire στὕχὸν pour τυχόν. La leçon τυχὸν
   est confirmée par des mss. de famille différente. Sans
   doute cet adverbe n'est ici que du remplissage, comme
   ailleurs les enclitiques δε et τε, et le vers ne fait que gagner
   à la substitution λοιπόν; mais ce motif même, indépen-
   damment de l'accord de B, D, E, nous fait préférer τυχόν :
   car on sait que les copistes ne corrigent guère une leçon
   que pour la rendre plus intelligible et plus acceptable;
   d'ailleurs cette correction peu ancienne (elle ne remonte
   pas au delà de Υ³), peut s'expliquer par la ressemblance
   du τ et du λ, et la confusion, originaire de la prononciation, et commune, en fait, de οι et de υ.

115 καθώσπερ καὶ D.] E : καθώς φησι.
      ὁ διάλογος, surnom de Sᵗ Grégoire le Grand qui occupa la
   chaire de Sᵗ Pierre de 590 à 604; il lui fut donné par les
   Grecs, lorsque le pape Sᵗ Zacharie, au viiie siècle, eut traduit
   ses entretiens célèbres dans leur langue.

115-117 Vers intrus : ils manquent dans les mss. de la première

καὶ βάλλωσιν ἑκάτεροι τὰ σφέτερ' ἐν τρυτάνῃ,
εἶτα πρὸς βάρος ἡ ῥοπὴ τῶν πλείστων ἐπιρρέψῃ,
σκιρτῶσιν, ἐπιχαίρουσιν οἷς τὸ νικᾶν ὑπάρχει ·
οἱ δ' ἕτεροι στυγνάζουσιν ὡς ἡττημένοι δῆθεν ·
καθά φησιν ὁ γρήγορος τοῦ Διαλόγου λόγος,   115

NOTES CRITIQUES.

111 [βάλλωσιν; la correction βάλωσιν pourrait nous être suggérée par la leçon des mss. A, B, E et par le subjonctif
aoriste ἐπιρρέψῃ que Phialite lui-même a employé au vers
suivant. Mais si le diorthote met indifféremment les verbes
d'une même phrase à des modes différents (Cp. note, v. 7),
ce qu'il a fait ici (v. 108, 112, 113), à plus forte raison a-
t-il pu se servir du présent au lieu de l'aoriste du subjonctif, lorsqu'il devait avoir sous les yeux la leçon βάλλωσιν,
que nous avons retrouvée dans D, de tous les mss. de Philippe celui qui a le plus de rapport avec la diorthose.]

115 [ὁ γρήγορος τοῦ διαλόγου λόγος. La locution ὁ γρήγορος λόγος
nous paraît insolite; nous trouvons le même adjectif
employé avec δικαιοσύνη dans Eustathe, Opusc. p. 158, au
bas de la page : Γρήγορος αὐτὴ (δικαιοσύνη) προσφερομένη
ἐγρηγορόσιν ὑμῖν. Peut-être ne faut-il voir ici qu'une tour-
nure forcée, pour amener l'allitération. Cp. dans Phialite,
d'autres jeux de mots de ce genre, v. 167: εὐλόγου λόγου;
v. 191 : πάντα πάντως; v. 201 : φωσφόρος φῶς.]

ὁ μέγιστος Μακάριος ἐν τοῖς πατράσιν αὖθις,
σὺν τούτοις καὶ Ἀντώνιος τῶν μοναστῶν ὁ πρῶτος.]
Τότε, Ψυχή μου ταπεινὴ, Θεὸς ὁ ἐλεήμων
ἂν ἐπιβλέψῃ πρὸς τὰς σὰς ἀγαθὰς οὔσας πράξεις,
ἐλευθεροῖ σε τῶν δεινῶν καὶ πονηρῶν δαιμόνων,   120

NOTES CRITIQUES.

famille, détruisent l'enchaînement des idées et ne contiennent que des noms d'auteurs, familiers sans doute à
Philippe, mais que notre écrivain ne se serait pas amusé
à versifier. C'est l'œuvre d'un lecteur de X^2 ou peut-être
de X; dans cette seconde hypothèse, le copiste de Υ, plus
clairvoyant que celui de X^2, n'a point inséré dans le texte
les nouveaux vers écrits en marge.

116 ὁ μέγιστος Μακάριος D.] E : καὶ μάκαρις ὁ μέγιστος.

Μακάριος. Quel est le saint dont il est ici question? Est-ce St
Macaire d'Egypte, ou St Macaire d'Alexandrie, ou St Macaire
de Pispir, qui vivaient tous trois au ive siècle? Il n'est pas
facile de le décider, car la règle monastique et les 50 homélies auxquelles fait allusion l'auteur des vers intrus, sont
attribuées tantôt à l'un, tantôt aux autres, et tantôt aux
deux premiers en commun. Cependant le qualificatif πρώτιστος qu'on lit dans Phialite ne nous permet-il pas de pen-
cher pour St Macaire d'Egypte, le premier anachorète qui
ait habité la solitude de Scété, et que les Grecs appellent
St Macaire l'Ancien? V. Godescard, Vie des Saints. T. I.
Vie de St Macaire d'Egypte, xvi janvier; notes, a, b, p.
243-244. Edit. 1818.

117 Ἀντώνιος : St Antoine, surnommé le Grand. Il naquit en 251,
dans la Haute-Egypte, et mourut à l'âge de 105 ans. On le
regarde comme le père des cénobites; St Athanase a écrit
sa vie.

119 τὰς σάς. L'accent de τὰς ne rend pas le vers faux. Cp. v. 31,
la note.

ἐπιβλέψῃ. A, D, E.] B : ἐπιβλέψει. — Οὔσας, correction. B,
D : ὄντας. A, E : ὄντως.

Le solécisme ὄντας nous semble provenir de ὄντως, qui de
son côté doit avoir pour origine une correction du copiste
de X, à qui le mot οὔσας placé entre ἀγαθάς et πράξεις a
pu paraître parasite.

ὁ μέγιστος καὶ πρώτιστος καὶ θεῖος ἐν πατράσιν
Ἀντώνιος τὸ σέμνωμα τῶν ἀσκητῶν καὶ κλέος.
Τότε Θεὸς ἂν ἵλεως, ταλαίπωρε Ψυχή μου,
ταῖς ἀγαθαῖς σου πράξεσιν, ὡς ἀγαθὸς, ἐνίδοι,
τῶν γε δεινῶν σε ῥύεται καὶ παμπονήρων τούτων,   120

NOTES CRITIQUES.

118 [ἵλεως. Le ms. porte ἵλεων. Cp. v. 74, la note.]

εὐθὺς δὲ προσλαμβάνει σε τὸ τάγμα τῶν ἀγγέλων,
καὶ ἄνεισι μετὰ χαρᾶς ἄνω πρὸς τὸν αἰθέρα.
Εὑρίσκεις δὲ τοὺς ἄρχοντας τοῦ ἀέρος, Ψυχή μου,
εὑρίσκεις τὰ τελώνια τῶν κακούργων δαιμόνων
πάνδεινα καὶ παγκάκιστα, φρικτούς τε φορολόγους   125
τοῦ ζήλου καὶ τοῦ φθόνου τε, τῆς ὑπερηφανίας,
τοῦ ψεύδους καὶ τῶν καθεξῆς παθῶν καὶ τῆς πορνείας·
ἀπαριθμεῖν οὐ δύναμαι, ἀμηχανῶ δε αὖθις.
Πάντα λογοθετοῦσί σε, παντάλαινα, οὐαί σοι!
ἄχρι τὴν πύλην οὐρανοῦ φθάσῃς πολλὰ καμοῦσα ·   130

NOTES CRITIQUES.

121 προσλαμβάνει. A, B, E.] D : προλαμβάνει.

123 τοῦ ἀέρος, Ψυχή μου, A, B.] D : ψυχή μου, τοῦ ἀέρος. Ε. τοῦ
    ἀέρος αὐτίκα.
    Τοῦ ἀέρος se trouvant dans des mss. de famille différente
        doit être maintenu; d'un autre côté αὐτίκα, substitué à ces
        deux mots dans E, en indique la place et confirme la leçon
        des mss. de la première famille.

124 τὰ τελώνια. D, E.] A. B : δὲ τελώνια. L'erreur δὲ provient du
        vers précédent, qui commence par le même mot que celui-
        ci, mot qui y est suivi de δέ.

125 πάνδεινα καὶ παγκάκιστα A.] D : πάνδεινα καὶ πανκάκιστα·
        B : πάντα δεινὰ πανκάκιστα. Ε : τὰ πάνδεινα καὶ κάκιστα.

126 καὶ τοῦ φθόνου τε. Cp. v. 63, la note.
        ὑπερηφανίας. B, D, E.] D : ὑπερηφανείας.

127 καθεξῆς .....πορνείας. A, D, E.] B : καθεξεῖς .....πορνίας.

128 δε A, B, D.] E : δ'οὖν. — Δε est quelquefois enclitique dans
        les auteurs byzantins. Cp. Tzetzès, Prolégomènes, v. 385,
        etc. Edit. Boisson. p. 23,
        καὶ σὺν αὐτῇ τῇ Αἴθρᾳ δε τῇ συνεργῷ μοιχείας.
        Au sujet de l'accent, v. la note de Boissonade sur ce vers.

129 σε B, D, E.] A : σου. Le verbe λογοθετέω régit à l'accusatif le
        nom de la personne. Cp. Photius, p. 325. Οὐ δεῖ οὖν λογο-
        θετεῖν τὸν δημιουργὸν ἐφ᾽ οἷς οἰκονομεῖ τὸν κόσμον. Du Cange :
        Ὁ καθ᾽ ἡμέραν ἑαυτὸν λογοθετῶν.
    οὐαί σοι. A, B.] D, E : τῷ τότε. Nous avons adopté la leçon
        de A, B; Cp. v. 174, 235, 264.

130 φθάσῃς. B, E.] A. D : φθάσεις.

124-128

καὶ τότε σε προσίενται τὸ μέρος τῶν ἀγγέλων,
καὶ χαίροντες ἀνάγουσι πρὸς τὸν δεσπότην ἄνω.
Τῶν τελωνῶν τοὺς ἄρχοντας εὑρίσκεις μετὰ ταῦτα,
καὶ τοὺς πικροὺς ἀνιχνευτὰς καὶ πειραστὰς δαιμόνων,
τῶν ἀφανῶν τοὺς πράκτορας, ἰχνεύοντας, κακοῦντας,   125
τοῦ φθόνου, τῆς πορνείας γε, τῆς ὑπερηφανίας ·
λογοθετοῦσιν ἅπαντες, λογοπραγοῦσι σφόδρα
ἄχρις ἂν φθάσῃς οὐρανοῦ τὰς πύλας εἰσελθοῦσα ·   130

NOTES CRITIQUES.

123 [En marge et en regard du v. 123, on lit ce passage de Théodoret, qui fait allusion à l'Epître de St Jude v. 9 :

Λέγεται ὁ ἀρχάγγελος Μιχαὴλ περὶ τὴν τοῦ Μωσέως σώματος διηκονηκέναι ταφήν, τοῦ διαβόλου πρὸς τοῦτο ἀνθισταμένου, συγχωροῦντος τοῦ Θεοῦ καὶ βουλομένου δεῖξαι διὰ τοῦ φαινομένου τοῖς τότε μικρὰ βλέπουσι καὶ παχυτέρως διακειμένοις τὸ ἀφανές, ὅτι μετὰ τὴν ἐνθένδε ἀπαλλαγὴν, ταῖς ἡμετέραις ψυχαῖς ἀνθίστανται πορευομέναις τὴν ἐπὶ τὰ ἄνω πορείαν, ὅ τε διάβολος καὶ αἱ πονηραὶ δυνάμεις αὐτοῦ, ἐκκόψαι τὸν δρόμον βουλόμεναι, καὶ τῶν μὲν τὰ φαῦλα ἐργασαμένων κατισχύουσι, τῶν δὲ δικαίων ἡττῶνται διὰ τῆς ἀγγελικῆς συμμαχίας.

On trouve dans D le même passage avec les var. suivantes :

Ligne 1e, λέγεται ὅτι. Μιχὴλ περὶ τοῦ Μωϋσέως τοῦ σώματος διηκονούμενος. 6e ἀνθίσταται .....ἐπὶ τὴν ἄνω. 7e ὁ διάβολος: 8e βουλόμενοι. 9e τοῖς δὲ δικαίοις.

Τῶν τελωνῶν τοὺς ἄρχοντας; ce sont les esprits que les Grecs appellent δαιμόνια ou ἄρχοντες τοῦ ἀέρος. Georges Hamartolus, cité par Du Cange, dit de ces esprits de l'air :

.....καὶ ἀναφερόμενοι εὑρίσκουσι τελώνια φυλάττοντα μετὰ πολλῆς ἀκριβείας τὴν ἄνοδον, καὶ κωλύοντα τὰς ἀνερχομένας ψυχὰς, καὶ λογοθετοῦντα καθ' ἕκαστον τελώνιον τὴν οἰκείαν ἁμαρτίαν· τὸ μὲν τοῦ ψεύδους, τὸ δὲ τοῦ φθόνου, τὸ δὲ τῆς λοιδορίας, καὶ ἁπλῶς οὕτω καθεξῆς ἕκαστον πάθος ἰδίους τελώνας ἔχει καὶ διαλόγους. (διαλογισμούς?)

Nous retrouvons la même croyance des Grecs dans leur office pour les agonisants : ἐλεήσατέ με, ἄγγελοι πανάγιοι Θεοῦ τοῦ παντοκράτορος, καὶ λυτρώσασθε τελωνίων πάντων πονηρῶν · οὐκ ἔχω γὰρ ἀντισταθμίζειν τὸν ζυγὸν τῶν φαύλων πράξεων.

130 [φθάσοις.]

παραδραμοῦσα δὲ, Ψυχὴ, δεινὰ τὰ προρρηθέντα,
εἰς τὸν ἀδέκαστον κριτὴν ἀπέρχῃ τῶν ἀπάντων ·
πίπτεις, Ψυχὴ, καὶ προσκυνεῖς τοῦ φρικτοῦ πρόσθεν θρόνου ·
καὶ δίδωσιν ἀπόφασιν αὐτίκα ὁ δεσπότης,
ἵνα σοι ὑποδείξωσιν ἅπαντας τοὺς δικαίους,   135
ὁμοίως καὶ ἁμαρτωλοὺς, τόπους τῶν ἀμφοτέρων ·
καὶ παρευθὺ πεπόρευσαι καὶ βλέπεις τοὺς ἁγίους.
Βλέπεις, Ψυχὴ, παμφώτεινον τόπον καὶ θυμηδίαν,

NOTES CRITIQUES.

131 δὲ. A, B, E]. D : τε.

ψυχὴ, δεινὰ τὰ προρρηθέντα A. D]. E : Ψυχὴ, δεινὰ τὰ προ-
ρηθέντα. B : δεινὰ τὰ προρρηθέντα πάντα.

132 ἀπέρχῃ]. B : ἀπερ.^{χ'}

133 πρόσθεν θρόνου A, D, E]. Var. B : ἔμπροσθε θρόνου. C : πρωτο-
θρόνου.

134 ἀπόφασιν (comme ἀπόφανσιν), ordre, commandement. L'acception dans laquelle ce mot est pris ici nous paraît insolite;
la signification qui en approche le plus est celle qu'il a
dans cette phrase d'Aréthas, sur l'Apocalyse, ch.v. Φυσικὸς
δὲ θάνατός ἐστι χωρισμὸς τῆς ψυχῆς ἀπὸ τοῦ σώματος κατὰ τὴν
ἀπαραίτητον ἀπόφανσιν τοῦ παντοκράτορος Θεοῦ, τὴν ὅτι γῆ εἶ
καὶ εἰς γῆν ἀπελεύσῃ. V. Thesaurus au mot ἀπόφανσις. —
Cp. pour le sens, le vers 136. — αὐτίκα]. B : αὐτῆκα.

135 ἀποδείξωσϊν]. C : ἀποδίξωσιν.

136 Lacune dans A, B, E. Nous pensons qu'il faut croire à une
lacune dans ces mss., plutôt qu'à une intrusion dans C, D.
Mais comment s'expliquera l'omission commune à des mss.
de familles différentes, et que nous faisons remonter à Υ²
et à Χ⁴? L'homoïoteleute n'a pas lieu aux vers 135-136, et
le commencement des vers 136 et 137 n'offre aucune
similitude. C'est vrai, mais aussi la lacune a été volontaire
et réfléchie dans Υ² et Χ⁴ : les copistes auront remarqué
que le second hémistiche du v. 136 n'est qu'un pléonasme
et que le vers 137 se lie tout aussi bien au vers 135 qu'au
suivant. Ces raisons auront déterminé les auteurs de Υ²
et de Χ⁴ à supprimer le vers 136.

137 παρευθὺ]. A : παρἔυθὺ. — πεπόρευσαι. A, B, D, E). Var. C :
πορεύεται.

138 παμφώτεινον. Var. E : πανφώτεινον.

129-135

ἐπὰν ῥυσθῇς δε τῶν δεινῶν τῶν εἰρημένων πάντων,
καὶ φθάσῃς τὸν ἀδέκαστον κριτήν σου καὶ δεσπότην,
πεσοῦσα, τὴν προσκύνησιν, τοῦ θρόνου πρόσθεν, νέμεις ·
καὶ προσταγῆς δεσποτικῆς ἐκεῖθεν ἐξελθούσης
ὥς σοι περιηγήσαιντο τὰ τῆς χαρᾶς ἐκείνης,   135
εὐθὺς λαβόντες ἄγουσι, καὶ βλέπεις τοὺς ἁγίους,
τὸν τόπον ὅλον τοῦ φωτὸς ἀστράπτοντα ταῖς αἴγλαις,

βλέπεις ἐκεῖ τὸν Ἀβραὰμ. τὸν μέγαν πατριάρχην,
τὸν Ἰσαὰκ καὶ Ἰακὼβ, καὶ πάντας τοὺς πρὸ νόμου 　　　　140
ἀπὸ Ἀδὰμ καὶ καθεξῆς · καὶ αὖθις μετὰ νόμον
Θεῷ εὐαρεστήσαντας, δικαίους εὑρεθέντας,
Προφήτας τοὺς κηρύξαντας Χριστοῦ τὴν παρουσίαν,
τὴν κατὰ σάρκα γέννησιν, τὸν θάνατον καὶ τἆλλα
ἅπερ ὑπέστη δι' ἡμᾶς, ὅπως ἡμεῖς σωθῶμεν, 　　　　145
τῶν Ἀποστόλων τὸν χόρον, Ἱεραρχῶν ὁσίων
καὶ τῶν Μαρτύρων σύνταγμα, καὶ πάντων τῶν δικαίων
[τὴν Θεοτόκον αὖθις δε τὴν τὸν Χριστὸν τεκοῦσαν,]

NOTES CRITIQUES.

139 Ἀβραάμ.. Tous les mss. de Philippe et celui du diorthote nous
donnent ce nom propre avec l'esprit rude. Chez Pape il
n'a que le doux; voir à ce sujet le Thesaurus.
τὸν μέγαν A, C, D]. E : τὸν μέγα. B : καὶ μέγα.

140 καὶ Ἰακώβ. A, B, C, E]. D. τὸν Ἰακώβ. La substitution de
τὸν à καὶ provient de ce que les noms propres précédents
Ἀβραάμ., Ἰσαάκ, sont accompagné de l'article.

141 Lacune dans C. Les vers 140 et 141 se terminent l'un par
νόμου et l'autre par νόμον; cette ressemblance des deux fins
de vers explique l'omission.
καθεξῆς καὶ αὖθις A, D, E]. B : καθεξεῖς καὶ ἄσθις; le premier σ de ἄσθις a été corrigé, de seconde main, en υ.

144 Τὸν θάνατον καὶ τἆλλα D, E]. A, B : τὸν θάνατον καὶ πάντα. C :
καὶ θάνατον καὶ πάντα.

145 ὅπως ἡμεῖς. A, B, C.] D, E : ἵν' ὅπως καὶ. La seconde syllabe
de ἡμεῖς a pu devenir illisible dans X avant que ce mss.
servît à faire la copie X², et alors η aura donné καὶ. V. Grég.
de Cor. p. 384, 410, etc., notes. Mais l'hémistiche étant
trop court d'une syllabe, le copiste l'aura complété par
l'insertion de ἵν' devant ὅπως. L'emploi de cette double
conjonction doit se rencontrer chez les Byzantins; Cp. le
Thesaurus au mot ὡς, col. 2400, D : « Scriptores By-
» zantini..... ὡς ἵνα pro simplici ὡς vel ἵνα dixerunt. Sic.
» Ducas, p. 15. A : etc. »

146 τὸν χόρον]. C : τῶν χόρων.

147 δικαίων]. C : ἁγίων.

148 δε enclitique; cp. v. 128, la note. D : δὲ.
Ce vers est intrus, ou l'ayant omis plus haut, le copiste

ἐν τούτῳ βλέπεις Ἀβραὰμ τὸν μέγαν πατριάρχην,
τὸν Ἰσαὰκ, τὸν Ἰακὼβ, τοὺς πρό γε νόμου πάντας,　　　140
τοὺς ἐξ Ἀδὰμ καὶ καθεξῆς · τοὺς μετὰ νόμον πάλιν
ὁπόσοι κατεφάνησαν εὐάρεστοι τῷ κτίστῃ,
Προφήτας τοὺς κηρύξαντας τὴν Λόγου παρουσίαν,
τὴν κατὰ σάρκα γέννησιν, τὸν θάνατον καὶ τἆλλα
ὁπόσα καθυπέμεινεν ὡσὰν σωθῶμεν πάντες,　　　145
τῶν Ἀποστόλων τὸν χορὸν, τῶν Θυταρχῶν τὸ τάγμα,
τὸ τῶν Μαρτύρων σύνταγμα, τοὺς δήμους τῶν δικαίων ·
πρὸ πάντων τὴν Γεννήτριαν τοῦ θεανθρώπου Λόγου,

NOTES CRITIQUES.

145 [ὡσάν, dans cette phrase est synonyme de ἵνα. V. le The-
　　saurus au mot ὡς, col. 2110, D : « Budæus ..... ubi de ὅπως
　　» ἂν locutus est, et pro ἵνα usurpari docuit, i. e. Ut, sub-
　　» jungit, Hoc idem ὡς ἂν significat. »
　　Pour l'orthographe ὡσάν, en un seul mot, v. le Thesaurus
　　au mot ὡς, col. 2111-2112 : « Nisi potius in hujusmodi
　　» libris scribendum sit conjunctim ὡσάν, (ut etiam ὡσανεί
　　» scribitur,) in qua opinione olim fui, et nunc quoque vix
　　» de illa possim deduci.| »
146 [θυταρχῶν, de θυτάρχης-ου (ὁ), pontife.]

τὴν ἀδιήγητον χαράν, καὶ τὸ κάλλος ἐκεῖνο.
Νοῦς τοίνυν πᾶς ἀδυνατεῖ ἀγγέλων καὶ ἀνθρώπων   150
εἰπεῖν ἢ διηγήσασθαι τὰ τοῦ χώρου ἐκείνου.
Μετὰ δὲ τὸ θεάσασθαι ταῦτα πάντα, Ψυχή μου,
εὐφραίνῃ τὴν κατοίκησιν ὁρῶσα τῶν δικαίων,
καὶ τὴν σκηνὴν ἐπιποθεῖς ἐκεῖσε καταπῆξαι,
παρακαλεῖς καὶ προσκυνεῖς, Ψυχή μου, τοὺς ἀγγέλους   155
ἐκείνους οὓς ἐκέλευσεν ὁ φοβερὸς δεσπότης
ἵνα σοι ὑποδείξωσι τὸν τόπον τῶν δικαίων,
καὶ λέγεις ἱκετεύουσα μετὰ πολλοῦ τοῦ δέους ·
« ἐάσατέ με, ἄγγελοι, ἐνθάδε διατρίβειν,
ὅπως ὑμῖν ἀεί ποτε εὐχαριστῶ μεγάλως. »   160

NOTES CRITIQUES.

de X, pour ne point trahir sa négligence, l'aura écrit en
cet endroit. Évidemment s'il est authentique, sa place
naturelle est après le vers 145; ici il brise la construction
et détruit le rapport qui existe entre le génitif τῶν δικαίων
du vers 147, et l'accusatif τὴν ἀδιήγητον χαράν du vers 149.

150 τοίνυν. D, E]. A, B, C : ταῦτα. Philippe n'éloigne pas l'adjectif
    démonstratif du nom auquel il se rapporte, comme l'a fait
    le copiste de Υ, dont la leçon se retrouve dans A, B, C.
    ἀδυνατεῖ]. B : ἀδυνατοῖ.

151 χώρου. A, D, E]. B, C : χόρου.

152 Ce vers se retrouve plus loin, sans changement (v. 183). D
    l'a omis. Cette omission doit être attribuée sans doute au
    quasi-homoïoteleute ἐκείνου, ψυχή μου des vers 151, 152.
    ταῦτα πάντα A, B, C. Transposition dans E : πάντα ταῦτα.
    La leçon commune à A, B, C, D, au vers 183, confirme ici
    celle de A, B, C.

153 εὐφραίνῃ. B, C : εὐφραίνει.

156 ἐκέλευσεν]. C : προσέταξεν.

157 ὑποδείξωσι]. C : ὑποδείξωσοι. — Τὸν τόπον, A, B, C]. D, E :
    τὰς ψυχάς. Nous avons suivi la leçon de A, B, C, Cp. v. 136.

158 δέους D, E]. A, B, C : πένθους. La leçon δέους nous paraît
    préférable; ce qui agite l'âme en ce moment, c'est la
    crainte qu'elle a de se voir arrachée à cet heureux séjour.

159 ἐνθάδε]. A : ἐνταῦθα.

160 ὑμῖν]. C : ὑμνεῖν. — Ἀεί ποτε a seulement le sens de ἀεὶ dans
    ce vers, et non celui de temps immémorial qu'il prend
    dans Thucydide.

τὴν ἀνεκλάλητον χαρὰν, τὴν εὐφροσύνην, ὅση.
Ἀνθρώπων νοῦς ἀδυνατεῖ καὶ γλῶττα φράσαι πάντως,   150
καὶ γνῶσις ὑπερκόσμιος τό γε λαμπρὸν τοῦ χώρου.
Ἐπὰν δὲ τὰ καθ' ἕκαστα θεάσαιο, Ψυχή μου,
εὐφραίνῃ τὴν κατοίκησιν ἀθροῦσα τῶν δικαίων
ἐν ᾗ καὶ τὴν συνοίκησιν ἐπιποθεῖς πλουτῆσαι,
καὶ τοὺς ἀγγέλους προσκυνεῖς καὶ λιπαρεῖς καὶ δέῃ   155
τῶν ἡγεμονευόντων σοι πρὸς τὰς ἐκεῖ σκηνώσεις,
καὶ παριστώντων ἐμφανῶς τοὺς τόπους τῶν πνευμάτων,
καὶ λέγεις ἱκετεύουσα μετὰ παμπόλλου δέους ·
« ἐάσατε, προστάται μου, διάγειν ἐν τοῖς δεῦρο
ὡσὰν ὡς· εὐεργέταις μου τὰς χάριτας ὀφλήσω. »   160

NOTES CRITIQUES.

149 [τὴν εὐφροσύνην ὅση, cp. une construction analogue dans
Sophocle, Ajax, v. 118.]

154 [πλουτῆσαι, posséder; ce verbe a souvent cette signification
dans la langue ecclésiastique; cp. St Grégoire de Nazianze,
Περὶ φιλοπτωχίας. P. 257. A. édit. des Bénédict. : ἵνα τὴν
βασιλείαν πλουτήσητε.]

160 [ὡσὰν, cp. v. 145, la note.]

Οἱ δὲ κατὰ τὴν πρόσταξιν τοῦ Θεοῦ καὶ κριτοῦ σου,
εἴπερ τυγχάνεις καθαρὰ καὶ ἄσπιλος ὡσαύτως,
συμμέτοχον δεικνύουσι τῆς χαρᾶς τῆς ἐκεῖσε,
καὶ εὐφροσύνης μετ' αὐτῶν, πρὸς δὲ καὶ ξυναυλίας.
Ἂν δέ γε πλεονάζουσι τὰ κακῶς ἐπταισμένα,   165
οἱ σκοτεινοὶ καὶ ζοφεροὶ καὶ φοβεροὶ τὰς ὄψεις
ἁρπάζουσί σε δαίμονες εὐλόγως καὶ δικαίως,

NOTES CRITIQUES.

164-167 Ces vers doivent avoir été en partie illisibles dans le
    ms. X; ce qui explique d'une part la différence qui existe
    aux vers 161, 162, entre D, E et A, B, C; et de l'autre la
    lacune des vers compris entre le v. 162 et le 168 dans
    ces trois derniers mss.

161 A, B, C. portent οἱ ἄγγελοι δ' οὐ πείθονται πρᾶξαι τὴν αἴτησίν
    σου.

    Aux vers 161, 182, nous avons suivi les mss. de la seconde
    famille, parce que l'omission aux vers suivants, commune
    aux mss. A, B et C, démontre que l'auteur de X² a mieux
    lu ce passage difficile, que le copiste de Υ.

162 εἴπερ τυγχάνεις καθαρὰ καί ἄσπιλος ὡσαύτως E]. D : comme E,
    sauf ὡσαῦται pour ὡσαύτως. A : le vers est tout différent
    pour l'expression; Εἰ μήγε ἦς ἀμόλυντος ἐκ πάσης ἁμαρτίας.
    B, comme A, mais σε pour γε, souligné de seconde main.
    C, comme A, sauf γὰρ, pour γε. Voir la note sur le vers
    précédent.

    εἴπερ τυγχάνεις. La grammaire demande ἂν et le subjonctif, mais
    des constructions analogues se voient dans la Dioptra.

163-167 Lacune dans A, B et C.

163 δεικνύουσι est pris ici dans le sens de ἀποδεικνύουσι, « efficere. »
    V. le Thesaurus au mot δείκνυμι, col. 940-941.

    ἐκεῖσε. Tous les mss. orthographient ainsi, et non ἐκεῖ σε en
    deux mots. Nous maintenons cette orthographe et, à
    l'exemple de Phialite, nous sous-entendons σε avant συμμέ-
    τοχον.

    Ἐκεῖσε, ici comme aux vers 227, 267, est employé pour
    ἐκεῖ. Voir le Thesaurus, col. 410.

165 ἂν πλεονάζουσι. Cp. v. 89, 90.

166 καὶ ζοφεροὶ καὶ φοβεροὶ... D]. Transposition des mots dans E :
    καὶ φοβεροὶ καὶ ζοφεροὶ.

167 δαίμονες ..... καὶ δικαίως. D]. E : ἀναιδῶς .....δῆθεν οὗτοι.

158-164

Οἱ δὲ κατὰ τὴν πρόσταξιν τοῦ κρίνοντος τὰ πάντα,
ἄν τις χρηστὴ καὶ καθαρὰ καὶ τῶν δεκτῶν τυγχάνῃς,
συμμέτοχον δεικνύουσι τῆς δόξης τῶν δικαίων,
καὶ συναυλίζῃ τὸ λοιπὸν καὶ συναγάλλῃ τούτοις.
Ἂν δὲ τὸ πλέον ἔχωσι τὰ βάρη τῶν σφαλμάτων,   165
τοῦ σκότους πάλιν ἄρχοντες παγχάλεποι τὰς ὄψεις
ἀναίδην συναρπάζουσι καὶ μετ' εὐλόγου λόγου,

NOTES CRITIQUES.

167 [μετεὐλόγου pour μετ' εὐλόγου.]

καὶ αἴρουσί σε, τάλαινα, ἀπέρχονται πρὸς Ἅδην,
Ψυχή μου, καὶ δεικνύουσι τὰς φοβερὰς κολάσεις,

NOTES CRITIQUES.

168 καὶ. D, E]. A, B, C : ἀλλ'.
167-168 Le vers 167, si différent dans les 2 seuls mss. qui le
    portent, ne semble pas exempt d'intrusions. Voici d'ailleurs
    une note qui nous est communiquée à ce sujet.
    « On a fait, je crois, deux vers d'un seul. Ἀναιδῶς est
    » sans doute authentique. C'est ce mot qui a induit un
    » lecteur à écrire à la marge la réflexion εὐλόγως, ou
    » εὐλόγως δῆθεν οὗτοι, dont on ne tarda pas à faire un
    » hémistiche. Εὐλόγως καὶ δικαίως paraît avoir la même
    » origine. L'intrusion de cet hémistiche rendait nécessaire
    » le remaniement de ce qui suit. — On ne peut guère se
    » vanter aujourd'hui de retrouver avec certitude le vers
    » unique dont ces deux vers occupent aujourd'hui la place.
    » Peut-être ἁρπάζουσί σε δαίμονες ἀναιδῶς πρὸς <τὸν> Ἅδην.
    » Mais le fait même du remaniement ne me paraît guère
    » douteux. — La variante de E, qui nous a conservé ἀναιδῶς,
    » peut provenir d'une *varia lectio* écrite entre les lignes du
    » même ms. dont D a transcrit la leçon proprement dite. —
    » La variante Ἀλλ' du vers suivant (dans A, B, C) paraît
    » une autre *varia lectio* correspondant à la leçon εὐλόγως
    » δῆθεν οὗτοι. »
    Cette note nous a suggéré d'autres conjectures que nous
    émettons aussi avec réserve. La peinture que Philippe fait
    des démons au vers 166 le dispensait d'exprimer le nom de
    ces esprits au vers suivant. Un copiste aura écrit en marge
    la glose δαίμονες, relative aux mots οἱ σκοτεινοὶ ….. ἁρπάζουσι.
    Cette première glose aura été confirmée par cette autre :
    εὐλόγως δῆθεν οὗτοι, ou, εὐλόγως καὶ δικαίως. Αἴρουσι peut être
    une variante de ἁρπάζουσι, dont, au moyen de la liaison καὶ,
    on aura fait le commencement d'un vers nouveau. Quant à
    l'intrusion τάλαινα, nécessitée par le besoin du vers et
    amenée naturellement, elle se retrouve au vers 257, dans D,
    E. Ces conjectures donneraient :
        ἁρπάζουσί σε ἀναιδῶς, [εὐλόγως καὶ δικαίως
        καὶ αἴρουσί σε, τάλαινα,] ἀπέρχονται πρὸς Ἅδην.
169 Ψυχή μου, καὶ δεικνύουσι. A, D, E]. B : Ψυχή μου, καὶ δεικνύ-
    ουσά σοι. C : αἲ αἲ Ψυχὴ, δεικνύουσῖ.

καὶ σὲ πρὸς Ἅδην ἄγουσι καὶ πρὸς τὸν Ἅδου σκότον,
καὶ καθυποδεικνύουσι βασάνων τὰς κολάσεις.

τὸ σκότος τὸ ἐξώτερον καὶ ἀφεγγὲς δι' ὅλου,   170
σκώληκα τὸν ἀκοίμητον, καὶ Ἅδου τὸν πυθμένα,
καὶ τοῦ πυρὸς τὴν γέενναν τὴν πάνδεινον ἐκείνην,
καὶ τῶν ὀδόντων τὸν βρυγμὸν, τὸν τάρταρόν τε αὖθις,
καὶ τὰ λοιπὰ καὶ φοβερὰ κολαστήρια, φεῦ μοι!
Ἀπαριθμεῖν οὐ δύναμαι τὰ πάντα κατὰ μέρος,   175
εἰς ἃς διαμερίζονται ἁμαρτωλοὶ κολάσεις,
καὶ κλαίουσιν ἀνωφελῆ, πικροὶ καὶ πλήρεις πόνων ·

NOTES CRITIQUES.

170 ἐξώτερον]. B, C : ἐξότερον.

171 σκώληκα]. C : σκώλικα. — Ἅδου]. B : ἄδην.

172 Lacune dans C, qui s'explique par la répétition de καὶ au
   commencement des deux vers consécutifs 172–173.
   πάνδεινον.....]. E : φοβερὰν.....

173 τὸν βρυγμόν.....]. D : τῶν βρυγμόν..... Au second hémistiche,
   τὸν τάρταρόν τε αὖθις. A, B]. Var. C : τὸν τάρταρόν δε αὖθις.
   D : καὶ τάρταρόν τε αὖθις. E : καὶ τάρταρον καὶ τ'ἄλλα. La
   leçon de D n'est pas contraire aux habitudes de Philippe,
   qui, nous l'avons vu, se sert de τε pour remplir le vers;
   mais ici pourquoi aurait-il recours à cette cheville dont il
   peut se passer en employant l'article, ce qui est plus
   corréct et conforme au premier hémistiche? D'un autre
   côté l'accord de A B et le désaccord de la famille D E four-
   nissent un autre argument en faveur de la leçon que nous
   avons adoptée. La famille D E n'a pas été sûre de la leçon.

174 καὶ φοβερά]. D : τὰ φοβερά.
   φεῦ μοι; l'emploi du datif avec φεῦ est insolite chez les bons
   auteurs; mais cp. le vers 178 dans Philippe et dans le
   diorthote, tout à la fois.

175 τὰ πάντα κατὰ μέρος. D, E]. A, C : οὐδὲ μετρεῖν ἰσχύω. B : οὐδ'
   ἐκμετρεῖν ἰσχύω. La leçon des mss. de la première famille
   nous paraît moins naturelle que l'autre. De plus, il faudrait l'entendre dans le sens figuré, contrairement aux
   habitudes de Philippe.

177 πικροί correction de πικρά leçon de tous les mss.; la régularité de la phrase la demande et la paléographie l'autorise.
   Voir pour la confusion de α et de οι, Basl. p. 769. Cp. la
   même confusion dans nos mss. au vers 108.
   πλήρεις πόνων A. C.] D : πλήρης πόνων. D : πλήρη πόνων.
   B : πλήρεις πάντων. — C : ἀνωφελεῖ pour ἀνωφελῆ.

Ἐκεῖ τὸ σκότος ἄφατον ἐξώτερον ἐξόχως,   170
ὁ σκώληξ ὡς δριμύτατος, ἀκοίμητος ὀδύνη,
ὁ ποταμὸς ὁ πύρινος πυριφλεγέθων ὅλος,
βρυγμὸς ὀδόντων, γέεννα, φεῦ, ἀταταί! Ψυχή μου,
τὰ πάντα διωλύγια, τὰ πάντα πλήρη πόνων.
Οὐ δύναμις γὰρ ἔστι μοι κατ᾽ εἶδος καταλέγειν   175
ὅσαι κολάσεις μένουσι τοὺς ἐξημαρτηκότας,
παμπόνηροι καὶ πάμπικροι, θρηνοῦντες δὲ βοῶσιν·

NOTES CRITIQUES.

173 [φεῦ, ἀταταί! La diphthongue ευ ne fait pas hiatus dans
la prononciation moderne; cp. v. 244, 311. D'ailleurs, voir
la note de Boissonade, édition de Tzetzès, page 390 : Ἀνέξο-
μαι γὰρ εὖ ἴσθι οὐδαμῶς τοιαῦτα ἀκούειν. « Sic codex, at metri
» gratia fortasse corrigendum : Ἀνέξομ᾽ εὖ ἴσθ᾽ οὐδαμῶς
» ταῦτ᾽ ἀκούειν. ......Hiatus inter εὖ et ἴσθ᾽ ferendus propter
» usum Homericum, ac vim litteræ consonantis ὑψιλοῦ,
» ev isth. »

174 [τὰ πάντα διωλύγια. Ces mots sont traduits dans la version de
Pontanus par « omnia plena ululatus » selon cette inter-
prétation d'Hésychius : διωλύγιον ἠχοῦν ἐπὶ πολὺ, μέγα καὶ
σφοδρὸν, διατεταμένον. Suidas, après avoir donné, en d'autres termes, la même explication de ce mot, ajoute que
διωλύγιον κακόν, se dit proverbialement « ἐπὶ τῶν μέγα τι
καὶ δεινὸν ὑφισταμένων. » C'est ainsi qu'il faut entendre
διωλύγια dans ce vers].

175 [γὰρ ἔστι μοι : cette accentuation donnée par le ms. est exigée
par le mètre.

« Οὐαὶ ἡμῖν, οὐαὶ ἡμῖν, καὶ αὖθις, φεῦ τοῖς ὧδε
ἁμαρτωλοῖς καὶ ταπεινοῖς · » ἡμέραν τε καὶ ὥραν
ἐν ᾗπερ ἐγεννήθησαν ἀθλίως ἐπαρῶνται.   180
Ἄρχῃ, Ψυχὴ, τότε θρηνεῖν, ἄρχῃ μεταμελεῖσθαι,
ἀθλία καὶ ταλαίπωρε, οὐαὶ οὐαὶ βοῶσα.

   Μετὰ δὲ τὸ θεάσασθαι ταῦτα πάντα, Ψυχή μου,
καὶ τὰ τερπνὰ καὶ ποθεινὰ καὶ τὰς φρικτὰς κολάσεις,
ἔκτοτε καθιστῶσί σε εἰς τόπον ὡρισμένον,   185
ἔνθα καὶ προσετάχθησαν ὑπὸ τοῦ κτίστου πάντων,
καὶ μένεις τὴν ἐξέτασιν τὴν φρικτὴν τοῦ δεσπότου,
ἄχρι τῆς ἀναστάσεως τῆς κοινῆς καὶ καθόλου.

NOTES CRITIQUES.

178 οὐαὶ ἡμῖν, οὐαὶ ἡμῖν]. B : οὐαὶ ὑμῖν οὐαὶ. —. τοῖς A, D, E.] B :
   τὰ. C : τῶν.

180 ἐπαρῶνται. A, B, E.] C : ὡς παρόντες. D : εὑρεθένθες (sic).
   ἐγεννήθησαν. Tous les mss. portent ἐγεννήθημεν que nous
   n'avons pas hésité, même avant d'avoir lu la correction de
   Phialite, à changer comme lui en ἐγεννήθησαν. Ἐπαρῶνται
   exige, en effet, que le verbe placé sous sa dépendance soit
   également à la 3e pers. du pluriel. Cp. v. 44, où au contraire
   A et B ont substitué la 3e pers. à la première. Ici, la cause
   de l'erreur doit être attribuée à ἡμῖν répété deux vers
   plus haut.
   Ce passage est imité du livre de Job. III, 3.

181 ἄρχῃ .....θρηνεῖν ἄρχῃ A.] B, D : ἄρχῃ .....θρηνεῖν ἄρχῃ. E :
   ἄρχει .....θρηνεῖν ἄρχει. C : ἄρχει .....πενθεῖν ἄρχει.

183 ταῦτα πάντα. Transposition dans E : πάντα ταῦτα.

184 ποθεινὰ καὶ τὰς A, C, D.] B : ποθεινὰ καλεῖ τὰς. E : φοβερὰ καὶ
   τὰς.
   Le premier hémistiche se rapporte à la description du Paradis comprise entre les vers 136 et 165, le second hémistiche fait allusion à la description de l'Enfer renfermée
   entre les vers 164 et 183.

185-188 Ces vers sont soulignés par une seconde main, dans le
   ms. B.

185 ὡρισμένον. B, C, E.] A, D : ὁρισμένον. Καθιστῶσι σε. Pour
   l'accent cp. la note du v. 17.

187 Tous les mss. portent μένεις et non μενεῖς. Pour ce présent,
   cp. καθιστῶσι au vers 185.

« Οὐαὶ καὶ φεῦ τοῖς δεῦρο γε, » καὶ τοῦτο μυριάκις
τοῖς ταπεινοῖς ἁμαρτωλοῖς · κἀκείνην τὴν ἡμέραν
ἐν ᾗπερ ἐγεννήθησαν οἰκτίστως ἐπαρῶνται.　　　　180
Τότε πικρὸς μετάμελος, τότε θρηνεῖν ἀπάρχῃ,
ταλαίπωρε, τλησίπονε, τὸ φεῦ τὸ φεῦ βοῶσα.
　　'Επὰν δὲ περιέλθῃς γε καὶ ταῦτ' ἀθρήσῃς πάντα,
καὶ τὰ τερπνὰ, καὶ τὰ πικρὰ, τὰ τοῦ φωτὸς, τοῦ σκότους,
τὸ τέλος καθιστῶσι σε πρὸς ὡρισμένον τόπον　　　　185
ἐν ᾧ καὶ προσετάχθησαν ἐνδίκως καταστῆσαι,
ἔνθα καὶ μένεις ἔκτοτε τὴν κρίσιν τὴν ἐσχάτην,
καὶ τὴν κοινὴν ἀνάστασιν, καὶ μέχρις ἂν ἐπέλθοι.

NOTES CRITIQUES.

178 [δεῦρο γε; v. la note sur le v. 17.]
188 [μέχρις ἂν ἐπέλθοι; cp. v. 7, la note.]

῞Οτε σαλπίσει φοβερόν, ἠχητικὸν καὶ μέγα,
καὶ οἱ νεκροὶ ἐν συσσεισμῷ ἀναστήσονται πάντες,   190

NOTES CRITIQUES.

189 σαλπίσει.] E : σαλπίσῃ — φοβερὸν ἠχητικὸν καὶ μέγα A, B, E.] D : ἄγγελος ἠχητικὸν καὶ μέγα. C : φοβερὸς ἠχικόν τε καὶ μέγαν. — Σαλπίσει renferme en soi son sujet ὁ σαλπιγκτής, comme cela se voit chez les bons auteurs. Le copiste de D, en substituant ἄγγελος à φοβερόν aura voulu mettre plus de clarté dans le vers, ou y aura introduit une glose.

190 ἐν συσσεισμῷ D.] B : ὡς ἐν συσσεισμῷ. A, C, E : ὡς ἐν σεισμῷ. Nous allons essayer d'établir la généalogie des leçons, autant qu'il est possible de le faire en l'absence d'un aussi grand nombre de mss. intermédiaires.

$$
\begin{array}{c}
\text{Philippe, } \grave{\epsilon}\nu\ \sigma\upsilon\sigma\sigma\epsilon\iota\sigma\mu\tilde{\omega}, \\
X \\
\grave{\omega}\varsigma\ \grave{\epsilon}\nu\ \sigma\upsilon\sigma\sigma\epsilon\iota\sigma\mu\tilde{\omega}
\end{array}
$$

Y			X²	
ὡς ἐν συσσεισμῷ			ὡς ἐν συσσεισμῷ	
Y²		Z	X³	X⁴
ὡς ἐν συσσεισμῷ		ὡς ἐν συσσεισμῷ	ἐν συσσεισμῷ	ὡς ἐν σεισμῷ
Y³	Y⁴	Z²	D	E
ὡς ἐν σεισμῷ	ὡς ἐν συσσεισμῷ	ὡς ἐν σεισμῷ	ἐν συσσεισμῷ	ὡς ἐν σεισμῷ
A	B	C		
ὡς ἐν σεισμῷ	ὡς ἐν συσσεισμῷ	ὡς ἐν σεισμῷ		

Des deux expressions σεισμός et συσσεισμός, la première ne se rencontre guère qu'à la belle époque de la langue grècque, la seconde est propre aux écrivains ecclésiastiques. Aussi Philippe a dû s'en servir.

Ἐν συσσεισμῷ. Évidemment il s'agit de la grande commotion annoncée dans l'Évangile pour la fin des temps; or, ὡς ne pouvant ici être redondant, fausse le sens. Mais cet adverbe se prête d'autant plus facilement à une intrusion que, ailleurs, il est assez souvent explétif; aussi le voyons-nous parfois inséré dans les mss.; voir le Thesaurus au mot ὡς, col. 2104, conjecture de Dobree. Ainsi, ajouté dans X, ὡς aura passé dans X², et par Y dans Y² et dans Z; Y⁴ et B l'ont conservé.

Toutefois l'erreur qui rend le vers faux ne pouvait rester toujours inaperçue. Les copistes de Y³, Z², X⁴ et de X³ l'ont remarquée et ont tenté une correction. Les trois premiers croyant sans doute trouver dans la prononciation identique

Σαλπίσει τότε φοβερὸν, ἠχήσει σάλπιγξ μέγα,
καὶ πάντες ὥσπερ ἐν σεισμῷ συναναστήσονταί σοι.   190

ἡ γῆ δὲ καὶ ἡ θάλασσα τοὺς ἑαυτῶν εἰσφέρει
νεκροὺς οὕσπερ κατέχουσιν ἀνελλιπεῖς καὶ σώους.
Οὓς τὰ θηρία ἔφαγον, τὰ πετεινὰ δ᾽ ὁμοίως,
ἰχθύες οὓς κατέπιον, τὰ ζῶα τῆς θαλάσσης,
ἅπαντες ἀναστήσονται, μικροί τε καὶ μεγάλοι,
ἁμαρτωλοὶ καὶ δίκαιοι, ἐλεύθεροι καὶ δοῦλοι,
καὶ ἄρχοντες, καὶ βασιλεῖς, τοπάρχαι καὶ δυνάσται,
καὶ πλούσιοι, καὶ πένητες, μονασταὶ καὶ μιγάδες.

195

NOTES CRITIQUES.

des deux premières syllabes de συσσεισμῷ l'origine de la faute,
écrivirent σεισμῷ, tandis que l'auteur de X³ considérant que
ὡς, d'une part, fausse le sens et que, de l'autre, συσσεισμός
est une expression habituelle aux écrivains ecclésiastiques, a
pu, en supprimant le premier mot et en conservant le second,
retrouver la leçon authentique.

191 ἑαυτῶν εἰσφέρει D.] A, B, E : ἑαυτῶν εἰσφέρουν. C : ἑαυτῆς
ἐκφέρει. ἑαυτῆς dans C, correction suggérée par θάλασσα
l'un des mots précédents. — Εἰσφέρει. On s'attendrait à
εἰσφέρουσι; cp. au vers suivant κατέχουσιν. Εἰσφέρουν dans
A, B, E, est une forme barbare introduite pour corriger
le solécisme. Cette construction de deux verbes ayant les
mêmes sujets et employés l'un au singulier et l'autre au
pluriel, nous paraît bien singulière; mais puisque le diorthote qui a la manie de corriger même ce qui n'a pas besoin
de correction, a respecté ici la syntaxe de Philippe, elle a
sans doute des analogues dans les écrivains ou dans le
langage de l'époque.

193 D, lacune.

τὰ θηρία ἔφαγον. Pour cette syntaxe cp. v. 95, 202, etc. Au
v. 270, Philippe emploie le sing. parce que le pluriel rendrait le vers faux.

194 ἰχθύες.] E : οἰλῖες. — ζῶα.] D : κήτη, sans doute glose de
ζῶα.

195 ἅπαντες.] C : ἅπαντα.

197 καὶ ἄρχοντες καὶ βασιλεῖς τοπάρχαι καὶ δυνάσται. (D, texte
adopté.)

E : καὶ ἄρχοντες καὶ βασιλεῖς καὶ τοπάρχαι σὺν τούτοις.

A, B, C : βασιλεῖς τε καὶ ἄρχοντες καὶ πένητες ὁμοίως.

198 καὶ πλούσιοι καὶ πένητες μονασταὶ καὶ μιγάδες. D, E.]

188-195

Εἰσφέρει γῆ καὶ θάλασσα σὺν τάχει πάντα πάντως,
οὓς ἂν νεκροὺς κατέχοιεν ἀνελλιπεῖς καὶ σώους,
κἂν θὴρ, κἂν κῆτος ἔφαγε, κἂν κτῆνος, κἂν νηκτόν τι,
κἂν ἄλλο τῶν ἐγγείων περ ἢ θαλαττίων ζώων,
καὶ σύμπαν ἀναστήσεται τὸ φῦλον τῶν ἀνθρώπων,   195
ἁμαρτωλοὶ καὶ δίκαιοι, θεράποντες, δεσπόται,
οἱ βασιλεῖς, οἱ δυνατοὶ, κρατάρχαι καὶ τοπάρχαι,
οἱ πένητες, οἱ πλούσιοι, μονάζοντες, μιγάδες.

Ψυχὴ, τίς διηγήσεται τὸν φόβον καὶ τὸν τρόμον
τὸν μέγαν καὶ ἀνύποιστον ἐκείνης τῆς ἡμέρας;   200
ὅταν οὐ λάμπει ἥλιος, οὐδὲ σελήνη φέγγει,
ὅταν τὰ ἄστρα πίπτουσιν ὥσπερ φύλλα τῶν δένδρων ·
ὁ οὐρανὸς δὲ καὶ ἡ γῆ ἀλλάξουσι τὴν φύσιν
εἰς κρείττω καὶ βελτίονα ὁμοῦ καὶ θειοτέραν.
[Προφήτης τοῦτο ἔφησεν Ἡσαίας ὁ μέγας ·   205
« καινὸς γὰρ ἔσται οὐρανὸς τοῦ μέλλοντος αἰῶνος · »
δηλῶν πως τὴν ἐναλλαγὴν τὴν τούτου καὶ τὸ σχῆμα ·
ὡσαύτως « ἔσται καὶ ἡ γῆ καινὴ ἐξηπλωμένη, »
τὴν μεταποίησιν αὐτῆς καὶ κάλλος προσημαίνων.]

NOTES CRITIQUES.

B : σὺν τοῖς πλουσίοις ἅπασϊ μονασταῖς καὶ μιγᾶϊ. Le second
hémistiche est souligné de seconde main.

C : σὺν τοῖς πλουσίοις ἅπασϊ μονασταὶ καὶ μϊγάδαι.

A : σὺν τοῖς πλουσίοις ἅπασϊ μικροῖς τε καὶ μεγάλοις.

B, C : le second hémistiche décèle la bonne leçon des mss.
de la seconde famille.

201 ὅταν οὐ λάμπει. V. v. 165, la note; cp. encore v. 202, 271.

202 ὥσπερ φύλλα τῶν δένδρων. A, B.] C : ὡς φύλλα τῶν δενδρέων.
D : ὡς ἐκ τῶν δένδρων φύλλα. E : ὥσπερ τῶν δένδρων φύλλα.

203 ὁ οὐρανὸς]. B : ὁ manque.

204 κρείττω]. B : κρεῖττον.

205 προφήτης.] C : προφῆτϊς.

206 καινὸς .....μέλλοντος.] C : κενὸς .....παρόντος.
Ce vers est souligné dans B. Les passages qui contiennent,
dans Philippe, des allusions à l'Écriture sainte, sont soulignés dans le ms. B.
Pour le vers 206, cp. Isaïe LXVI, 22 : Ὃν τρόπον γὰρ ὁ
οὐρανὸς καὶ ἡ γῆ καινή, ἃ ἐγὼ ποιῶ, μένει ἐνώπιον ἐμοῦ, λέγει
Κύριος, οὕτω στήσεται τὸ σπέρμα ὑμῶν καὶ τὸ ὄνομα ὑμῶν.
Nous suspectons l'authenticité des vers 205-209 incl. et
nous y voyons comme plus haut (v. 115-117) l'œuvre
d'un lecteur qui s'est plu à commenter, en marge, le
texte d'Isaïe auquel Philippe fait allusion.

207 τὴν τούτου καὶ.] C : τούτου τε καὶ.

208 ὡσαύτως ..... καινὴ..... A, D, E.] B : ὡς αὕτως ..... καινὴ.....
C : ὡσαύτως ..... κενὴ.....

209 προσημαίνων.] C : προσημαῖνον.

496-206

Τίς ἂν ἐκεῖνον τὸν σεισμὸν, τίς τὸ φρικτὸν ἡμέρας
ἢ νοῦς, ἢ λόγος βρότειος ἐκφράσαι δυνηθείη;   200
φωσφόρος φῶς οὐ δίδωσι, φέγγος οὐδὲν σελήνη,
ἀστέρες ἀποπίπτουσιν ὥσπερ τὰ φύλλα δένδρων,
ὁ πόλος ἀλλαγήσεται, τὸ κύτος τῆς ἠπείρου
πρὸς κρεῖττον' ἀλλαγήσεται τὴν ἄμειψιν, ὡς γράφει
ὁ μεγαλοφωνότατος τῶν προφητῶν προφήτης ·   205
καινὸν γὰρ εἶπεν οὐρανὸν ὡς ἔσται τελευταῖον,
τὴν κατὰ σχῆμ.' ἀλλοίωσιν προδιαγράφων τούτου,
καινὴν δὲ πάλιν καὶ τὴν γῆν, καὶ πρὸς τὸ πρῶτον κάλλος,
καὶ ταύτης ἀμειφθήσεσθαι καὶ ῥύψιν τῶν κηλίδων.

NOTES CRITIQUES.

209 [ῥύψιν est surmonté d'un σ qui renvoie, à la marge, à ce
passage d'un auteur anonyme: Πᾶσα ἡ κτίσις καινουργεῖται
παλινδρομοῦσα εἰς τὸ πρῶτον αὐτῆς κάλλος καὶ σχῆμα, μετὰ
τὴν ἀνάστασιν δηλονότι.]
D n'a pas cette note marginale.

Τὰ δ’ ἐν τῷ μέσῳ ἄπαντα ἀφανιοῦνται ἄρδην,   210
τὰ ἐν τῇ γῇ καὶ οὐρανῷ, ὅσα καὶ οἷα πέλει.
Αὖθις δ’ ὁ τίμιος σταυρὸς ἐξ οὐρανοῦ φανεῖται
[καθώσπερ εὐαγγελιστὴς Ματθαῖος ταῦτα γράφει ·]
μετὰ πασῶν τῶν στρατιῶν, ταγμάτων οὐρανίων,
Ἀγγέλων Ἀρχαγγέλων τε, Ἐξουσιῶν Ἀρχῶν τε,   215
μετὰ πολυομμάτων τε καὶ τῶν Κυριοτήτων,

NOTES CRITIQUES.

210 τὰ δ’ἐν τῷ μέσῳ D.] A, B, C : τὰ δ’ἐν τῶ μέσω. E : δ’ manque.

211 Lacune dans A, B, C; elle s’explique par la ressemblance du commencement des deux vers consécutifs 210, 211.

212 Imité de St Matthieu. Évang. XXIV, 30.

213 Vers intrus. Lacune dans A, B, C. La simple indication en marge du nom de l’écrivain sacré auquel il est fait allusion au vers précédent, aura été délayée, mise en vers, puis insérée dans le texte. Cp. v. 115-117.— Καθώσπερ .....ταῦτα γράφει. D porte : καθώσπερ ..... ταύτη γράφει.

E : καθὼς ὁ ..... γράφει ταῦτα. Après avoir corrigé ταύτη, nous avons suivi D, dont la leçon καθώσπερ est confirmée par le vers 115.

214 ταγμάτων οὐρανίων. Dans B : οὐρανίων ταγμάτων.

215 ἀγγέλων ἀρχαγγέλων τε κ. τ. λ. Les neufs chœurs des Anges sont ainsi énumérés dans la liturgie alexandrine de St Basile, édit. Gaume. T. II, p. 964. D : Ὁ ἱερεύς · Ὧ παραστήκουσιν ἄγγελοι καὶ ἀρχάγγελοι, ἀρχαὶ καὶ ἐξουσίαι, Θρόνοι, κυριότητες καὶ δυνάμεις. (Les Vertus.)

.........Οἱ παρίστανται κύκλῳ σου, τὰ πολυόμματα Χερουβὶμ, καὶ τὰ ἑξαπτέρυγα Σεραφὶμ, διὰ παντὸς ὑμνοῦντα, καὶ βοῶντα καὶ λέγοντα.

L’ordre des chœurs varie avec les écrivains; il n’est donc pas étonnant que Philippe place ici les Puissances avant les Principautés, ni que plus loin il ait adopté la disposition demandée pour le besoin des vers.

216-217. Ces vers réclament une correction; nous l’avons tentée sans l’admettre dans notre texte. Voir ci-après.

216 μετὰ πολυομμάτων τε. A.] B, E : σὺν τῶν πολυομμάτων. C : σὺν τῶν πολυομμάτων. D : σὺν τοῖς πολυομμάτοις.

Πολυομμάτων se rapporte évidemment à Χερουβὶμ et doit en

207-213

Τά τ᾽ ἐν τῷ μέσῳ σύμπαντα τῆς σφαίρας καὶ τοῦ κέντρου   210
ἐς τὸ μηδὲν χωρήσουσιν ὁπόσα καὶ πηλίκα.
Τὸ ξύλον τὸ πανσέβαστον τὸ σταυρικὸν καὶ θεῖον
ἐξ οὐρανῶν φανήσεται, Ματθαῖος γράφει λέγων,
ὑπὸ τοῖς ἄνω τάγμασι τοῖς νοεροῖς καὶ θείοις
Ἀγγέλοις, Κυριότησι, τοῖς Ἀρχαγγέλοις, Θρόνοις,   215
ταῖς Ἐξουσίαις, ταῖς Ἀρχαῖς, μετὰ πολυομμάτων,

καὶ Χερουβὶμ καὶ Σεραφὶμ, Δυνάμεων καὶ πάντων ·
ἔμπροσθεν προπορεύονται τοῦ φοβεροῦ Δεσπότου,

NOTES CRITIQUES.

être rapproché, autrement il fera double emploi. Χερουβὶμ
a été omis après l'adjectif qui le qualifie, puis peut-être
écrit en marge, non en face, mais un peu au-dessous de
la ligne; alors l'auteur de X trouvant le premier hémistiche trop court l'a complété par l'addition des trois mots
σὺν τῶν τε. On sait que les Byzantins emploient le génitif avec
σὺν. Cp. ms. Ch. Lambec. Bibl. imp. Vol. VI, p. 38. D : Σὺν
τῆς ἐκλογῆς τοῦ ἐγχειριδίου, et Montfaucon, Paléogr. grecq.
p. 404, à la fin, diplôme : Μακαρισμάρια σὺν τῶν φωταγωγιῶν.
Toutefois cette construction paraît être d'une grécité inférieure à celle de Philippe; et les copistes de A et de D
l'auront remarqué. Celui-ci après avoir corrigé le premier
hémistiche s'est vu obligé de s'arrêter, car sa correction
continuée au second hémistiche aurait rendu le vers faux.
Le copiste de A, en se servant de μετά qu'il a rencontré deux
vers plus haut, a respecté, tout à la fois, les lois de la
syntaxe, et celles de la versification. Mais son vers n'est
pas le vers authentique que nous croyons être celui-ci :
　　πολυομμάτων Χερουβὶμ καὶ τῶν Κυριοτήτων.

247 A : δυνάμεων τε πάντων.] B, C, E : καὶ δυναμέων πάντων. D :
καὶ δυνάμεων ὅσων.
L'intrusion de Χερουβὶμ dans ce vers a pris la place d'un
mot qu'il s'agit de retrouver. Considérons d'abord que
Χερουβὶμ et Σεραφὶμ terminent le premier hémistiche, l'un du
vers 216, l'autre du vers 247. Cette similitude dans la disposition nous semble devoir s'étendre à l'hémistiche tout
entier; car πολυομμάτων épithète de Χερουβὶμ amène naturellement devant Σεραφὶμ l'adjectif ἐξαπτερύγων qui, d'ordinaire,
l'accompagne. Voir le texte de St Basile cité deux vers plus
haut.
Reste le second hémistiche. X portait assurément καὶ
δυνάμεων πάντων leçon conservée dans B, C, E. A donne
δυνάμεών τε au lieu de καὶ δυνάμεων, et le copiste de D pour
corriger le solécisme a substitué ὅσων à πάντων. Nous avons
écrit δυνάμεων καὶ πάντων; la répétition du mot καὶ avant
κυριοτήτων, χερουβὶμ et σεραφὶμ, est cause que le copiste a

τοῖς Χερουβὶμ, τοῖς Σεραφὶμ, Δυνάμεσι συμπάσαις ·
καὶ γὰρ καὶ προπομπεύουσι τοῦ πάντων βασιλέως ·

[οὗτος ὑπάρχει ὁ Χριστὸς ὁ Υἱὸς τοῦ ἀνθρώπου,]
καὶ τρέμουσι καὶ φρίττουσιν αὐτοῦ τὴν ἐξουσίαν.   220

NOTES CRITIQUES.

déplacé cette conjonction au second hémistiche. Mais comment expliquer δυνάμεων καὶ πάντων? Les Vertus et tous [les habitants du ciel]? Πάντων ne nous paraît pas d'une clarté suffisante, outre que ce mot devrait être placé au commencement de l'énumération plutôt qu'à la fin, pour conserver la gradation. Πάντων se rapporte-t-il à tous les ordres célestes? Alors il vient trop tard; il est inutile.

Nous préférons la conjecture suivante. Il est évident que les vers 246, 247 ont été mal écrits ou tronqués, ou sont devenus illisibles dans l'exemplaire dont le copiste de X s'est servi. Nous pensons que la fin de ce vers a été changée comme plusieurs mots qui précèdent, par suite d'une lecture difficile, et que πάντων a pris la place de θρόνων. Remarquons d'ailleurs que Philippe n'a énuméré que huit ordres d'anges et que les Trônes que Sᵗ Denys, dans sa Hiérarchie, cite auprès des Séraphins, n'ont pas été nommés. Cette division* des Esprits célestes en neuf chœurs, n'est pas, il est vrai, partout adoptée, mais elle est générale et admise, dans leurs Liturgies, par Sᵗ J. Chrysostome et Sᵗ Basile, dont Philippe le Solitaire ne pouvait manquer de connaître le sentiment, à ce sujet, puisqu'il emprunte sa doctrine à leurs écrits. Nous proposons donc de lire ainsi les deux vers 246, 247 :

πολυομμάτων Χερουβὶμ, καὶ τῶν Κυριοτήτων,
ἐξαπτερύγων Σεραφὶμ, Δυνάμεων καὶ Θρόνων.

249 Nous regardons ce vers comme intrus; il provient d'une glose qu'un copiste ancien a tournée en vers. Cp. v. 445-447, 243.

220-224 Les mots ἀνθρώπου καὶ..... dans B, sont d'une main plus récente et soulignés.

220 ἐξουσίαν. B : παρουσίαν.

---

* Depuis que nous avons fini ce travail, nous avons eu la preuve, en parcourant la version latine de Pontanus, que Philippe distingue les Trônes des Séraphins et leur assigne le premier rang dans la hiérarchie céleste. « Primus ternarius (ordo) Cherubinorum, Seraphinorum et Thronorum vocatur. » Biblioth. Magn. Patr. Vol. XXI, p. 587 G. Dioptr. liv. III, ch. 2.

Υἱὸς ἀνθρώπου καὶ Χριστὸς οὗτος προδήλως ἔστι,
καὶ τρέμουσι καὶ φρίττουσι τήν γε κυρείαν τούτου,   220

Εἶτα κοιλάδα δ' ἔρχονται ἥν φασι τοῦ κλαυθμῶνος,
καὶ θρόνον στήσουσιν ἐκεῖ τὸν φοβερὸν, ἀθλία,
εἰς ὃν ὁ μέγας Δικαστὴς καὶ Κριτὴς καὶ Δεσπότης
[μετὰ μεγάλης δόξης τε, Ψυχή μου παναθλία,]
καθίσει, ὥσπερ γέγραπται, βροτείαν φύσιν κρῖναι.   225
Τότε πτωχοὶ καὶ πλούσιοι, βασιλεῖς καὶ τοπάρχαι
ἐκεῖσε συναθροίζονται ἐν τῷ δικαστηρίῳ
ὑπὸ ἀγγέλων φοβερῶν ἀπεσταλμένων πάντως,
τοῦ δοῦναι δίκην ἕκαστος ὧν ἔπραξεν ἐν βίῳ
ἀγαθῶν ἔργων φαύλων τε, ἀμφότερον, Ψυχή μου.   230
Τότε βίβλοι ἀνοίγονται ἐλέγχουσαι τὰς πράξεις ·

NOTES CRITIQUES.

224 Lacune dans C.— εἶτα κοιλάδα δ' ἔρχονται, correction de εἰς τὴν
κοιλάδ' ἀπέρχονται leçon unique des mss. Au second
hémistiche ἥν φασι τοῦ κλαυθμῶνος. A : ἥν φασὶ τοῦ κλαυθμῶνος. B : δ' ἣν φησὶν τοῦ κλαυθμόνος.

E : δ' ἣν φασι τοῦ κλαυθμῶνος. D : τὴν τοῦ κλαυμῶνος. εἶτα.
Ce vers dans les mss. n'est pas lié au précédent. Εἶτα qui le
termine dans D, doit être une variante provenant de la
marge et afférente à εἰς τὴν. De plus, on doit conserver δ'
qui est dans les deux familles ; aussi écrivons-nous εἶτα
κοιλάδα δ' ἔρχονται, au lieu de εἰς τὴν κοιλάδ' ἀπέρχονται.

223-224 Lacune dans C, qui provient de l'homoïoteleute aux vers
222 et 224.

224 Lacune dans C, D, E. Nous croyons ce vers intrus ; il doit
être l'œuvre du copiste que nous avons rencontré aux vers
115-117, 213, 219 ; c'est lui qui aura versifié, à la marge,
le texte de St Matthieu (XXIV, 30) relatif à ce passage, et
auquel font allusion les mots ὥσπερ γέγραπται du vers
suiv.

225 κρῖναι.] C : κρίναι.

227 συναθροίζονται.] C : συναθρίζονται. — τῷ δικαστηρίῳ. D.] τῳ
δικαστηρίῳ, A, B, C, E.

228 πάντως.] D : πάντες. Peut-être Philippe avait-il écrit πάντη.
Pour la confusion de ως avec η, voir Bast, p. 567, 780.

230 Les mss. portent : ἀμφοτέρων.

231 τότε βίβλοι ..... ἐλέγχουσαι A.] B. C: τότε βίβλοι.....ἐλέγχουσι.
D : βίβλοι τῶ τότ' .....ἐλέγχουσαι. E : βίβλοι τῶ τότ' .....
ἐλέγχουσι.
Pour la confusion de αι avec ι, cp. Bast, p. 752, c.

καὶ δὴ καταλαμβάνουσι κοιλάδα τοῦ κλαυθμῶνος,
καὶ θρόνον ἐνιδρύουσι τὸν φοβερὸν ἐν τούτῳ,
ἐφ' οὗ καθίσει Δικαστὴς ὁ πάντας μέλλων κρῖναι
ὅσοι τῶν ζώντων καὶ νεκρῶν, κατὰ τὸ γεγραμμένον.   225
Ἄγονται τότε βασιλεῖς, συνάγονται δυνάσται,
οἱ πένητες, οἱ πλούσιοι παρίστανται τῷ Κτίστῃ,
ἀπεσταλμένων πάντοθεν τῶν λειτουργῶν ἀγγέλων,
ὡς δοίη λόγον ἕκαστος ὧν ἔπραξεν ἐν βίῳ,
εἴτ' ἀγαθὰ συνέδραμεν εἴτε κακὰ καὶ φαῦλα.   230
Αἱ βίβλοι διανοίγονται, πᾶν ἔργον φανεροῦται,

NOTES CRITIQUES.

230 [On lit, à la marge, ce passage de Théodoret : Ἐν ἐκείνῳ τῷ
κριτηρίῳ, οὐ δεόμεθα τῶν ἔξωθεν ἢ κατηγορούντων ἢ μαρτυ-
ρούντων ἡμῖν τὰ χρηστά · ἀλλ' οἱ ἑκάστου λογισμοὶ καὶ τὸ
συνειδὸς ἢ κατηγορεῖται (sic) ἢ ἀπολογεῖται, καὶ οὐ δεῖται
κατηγόρου ὁ ἄνθρωπος ἐπ' ἐκείνου τοῦ δικαστηρίου · σειραῖς γὰρ
τῶν ἑαυτοῦ ἁμαρτιῶν ἕκαστος σφίγγεται, καὶ ὃ ἔσπειρε τοῦτο
καὶ θερίσει.]

Variantes de D : γὰρ après ἐκείνῳ. ἢ manque devant κατηγορούντων.— τὰ ἄχρηστα · ἀλλ' ἡ ἑκάστου συνείδησις καὶ ὁ λογισ-
μὸς ἢ κατηγορεῖ.— δεῖται ἑτέρου τινὸς κατηγορίαν ὁ ἄνθρωπος. — συσφίγγεται.

ὁ χωρισμὸς γενήσεται, οἴμοι! ἐξ ἀμφοτέρων ·
δικαίους μὲν ἐκ δεξιῶν στήσει Κριτὴς ὁ μέγας,
ἁμαρτωλοὺς τοὺς κατ᾽ ἐμὲ, τοὺς καταδικασθέντας,
ἐξ εὐωνύμων τούτους δὲ, οἴμοι, Ψυχή μου, οἴμοι!   **235**
κατησχυμμένους καὶ γυμνοὺς καὶ τετραχηλισμένους,
ἀνωφελῆ ἀνόνητα θρηνοῦντας καὶ πενθοῦντας ·
καὶ τότε τοῖς ἐκ δεξιῶν ὁ βασιλεὺς ἐξείποι ·
« δεῦτε κληρονομήσατε τὴν πάλαι βασιλείαν
ἡτοιμασμένην παρ᾽ ἐμοῦ ὑμῖν γε τοῖς δικαίοις ·   **240**

NOTES CRITIQUES.

232 ὁ χωρισμὸς γενήσεται, οἴμοι. D, E.] A, B, C : ὁ χωρισμὸς δὲ
γίνεται. Le futur στήσει, au vers suivant, confirme la leçon
de D, E. Peut-être ὁ a-t-il pris, anciennement, la place de
καὶ ; cp. v. 351.

234 τούς.] A : δὲ. Cp. pour la confusion de δέ avec l'article, v. 124,
264, 288.

235 τούτους D, E.] A, B, C : πάλῑν.

236 κατησχύμμένους καὶ..... A, B.] D, E : κατησχυμένους καὶ.....
C : κατησχυμένους δὲ.— Τετραχηλισμένους, mis à nu. Sens
propre aux écrivains ecclésiastiques. Cp. St Paul Ép. aux
Hébreux IV, 13 : Πάντα δὲ γυμνὰ καὶ τετραχηλισμένα τοῖς
ὀφθαλμοῖς αὐτοῦ.

237 A, E : ἀνωφελῆ ἀνόνητα θρηνοῦντας καὶ πενθοῦντας. B : ἀνωφελῆ
ἀνόνητα πεθοῦντας καὶ θρηνοῦντας. Dans πενθοῦντας le premier ν est de seconde main et placé sur l'ε. C : ἀνωφελεῖ
ἀνώνητα πενθοῦντας καὶ θρηνοῦντας. D : ἀνωφελῆ ἀνώνητα
πενθοῦντας καὶ θρηνοῦντας.

238 A, C : καὶ τότε ..... ὁ φοβερὸς ἐξείποι. B : καὶ τότε.....ὁ φοβερὸς
ἐξείπῃ. E : καὶ οὕτως ..... ὁ βασιλεὺς ἐξείπει. D : καὶ οὕτω
..... ὁ βασιλεὺς βοήσει.— Βασιλεύς se trouve dans le texte de
St Matthieu d'où Philippe a tiré ce passage. (V. v. suivant.)
—φοβερός doit provenir d'une glose. Βοήσει est une correction arbitraire du copiste de D ou de X³ qui voulait le
futur ; or l'optatif ἐξείποι est ici pour ce temps.

239 Vers emprunté à St Matthieu, ainsi que les suivants, XXV,
34. Τότε ἐρεῖ ὁ βασιλεὺς τοῖς ἐκ δεξιῶν αὐτοῦ · δεῦτε οἱ εὐλο-
γημένοι τοῦ Πατρός μου, κληρονομήσατε τὴν ἡτοιμασμένην
ὑμῖν βασιλείαν ἀπὸ καταβολῆς κόσμου.

240 ἡτοιμασμένην. B : ἡτοιμασμένη, mais une main plus récente a
ajouté une barre au-dessus de l'η final.

ὁ νοσφισμὸς γενήσεται τῶν ἀμφοτέρων, οἴμοι!
ἐκ δεξιῶν οἱ δίκαιοι σταθήσονται καὶ πρᾶοι,
ἐξ εὐωνύμων ἔριφοι καὶ τῶν ἀκάρπων ὅσοι
τῶν ἁμαρτόντων κατ' ἐμὲ, βαβαὶ, Ψυχὴ παντλῆμον,   235
κατησχυμμένοι καὶ γυμνοὶ καὶ τετραχηλισμένοι,
θρηνοῦντες ἀλλ' ἀνόνητα, βοῶντες ἀλλ' εἰς μάτην.
Ὁ Βασιλεὺς μετέπειτα τοῖς δεξιοῖς φωνήσει ·
« δεῦτε κληρονομήσατε τῆς θείας βασιλείας
ἡτοιμασμένης ἐξ αὐτῆς καταβολῆς τοῦ κόσμου,   240

NOTES CRITIQUES.

236 [κατησχϋμένοι avec un seul μ.]

πεινῶντα γὰρ διψῶντα με γυμνὸν καὶ ἀσθενοῦντα,
ἐν φυλακῇ καὶ ξένον με εἴδετε τεθλιμμένον,
καὶ ἕκαστος, ὡς δυνατὸν, διηκονήσατέ μοι. »
Τοῖς δέ γε πάλιν ταπεινοῖς οὖσιν ἐξ εὐωνύμων ·
« πορεύεσθε κατάρατοι ἀπ᾽ ἐμοῦ πρὸς τὸν Ἅδην, 245
εἰς σκότος τὸ ἐξώτερον, εἰς πῦρ τὸ τῆς γεέννης
ὃ τῷ Σατᾶν ἡτοίμασται καὶ τοῖς ἀγγέλοις τούτου,
ἐπεὶ τὰ ἔργα τὰ αὐτοῦ ἠγαπήσατε πλέον,
καὶ τὰ θελήματα αὐτοῦ παμπόθητα ἡγεῖσθε,
αὐτὰ καὶ διεπράττετε, ἡμέραν ἐξ ἡμέρας, 250
τὰς ἐντολὰς δὲ τὰς ἐμὰς ἀεὶ κατεφρονεῖτε,
αὐτὰς καὶ διεπτύετε, ἀπεστρέφεσθε μίσει,
καὶ τὰς συνθήκας πάσας δε τὰς τοῦ βαπτίσματός μου,

NOTES CRITIQUES.

241 γάρ A, B, C.] D, E : καί. La leçon de A, B, C, est confirmée
par le texte même de Sᵗ Matthieu, XXV, 35-36, dont le reste
du chapitre est mis en vers par Philippe : Ἐπείνασα γὰρ
καὶ ἐδώκατέ μοι φαγεῖν, ἐδίψησα καὶ ἐποτίσατέ με · ξένος ἤμην
καὶ συνηγάγετέ με. Γυμνὸς καὶ περιεβάλετέ με · ἠσθένησα καὶ
ἐπεσκέψασθέ με · ἐν φυλακῇ ἤμην καὶ ἤλθατε πρός με.

242 φυλακῇ. D.] φυλακῇ. A, B, C, E.

243 δϊηκονήσατε C, E.] — A, D : δϊηκονίσατε. B : δϊηκονήσαται, l᾽ε
est de seconde main = Μοι B, B. C.] — D, E : με.

244 πάλϊν. A, B, C.] D, E : φεῦ μοι.

245 πορεύεσθε.] B : πορεύεσθαι; l᾽ε est d'une seconde main.

246 ἐξώτερον.] B; ἐξότερον. Cp. v. 339.

247 ὃ τῷ Σατᾶν.] D : ὃ τῷ σατανᾶ.

248 πλεῖον B, D, E.] A, C. πλέον. Le copiste de E a mis un double
accent sur l᾽ι de ἐπεί. La leçon πλέον est préférable; cp.
Phialite v. 270, et Tzetzès. Allég. de l'Iliade. Σ, 774; Ψ,
92, 94.

249 αὐτοῦ ..... ἡγεῖσθε. A, E.] C, D : αὐτοῦ ..... ἡγεῖσθαι. B :
αὐτῶν ..... ἡγεῖσθαι.

250 διεπράττετε.] C : διαπράττετε.

251 κατεφρονεῖτε. A, B, E]. C. D. καταφρονεῖτε.

252 διεπτύετε ἀπεστρέφεσθε μίσει. D. E]. B : διεπτύετε ἀπεστρέφεσθαι
μίσει. C : διαπτύετε ἀποστρέφεσθε μίσει. A : διεπτύετε ἀπος-
τρεφόμενοί γε.

253 πάσας δε]. A : πάσας γε. D : σὺν αὐτᾶυ (sic).

237-248

πεινῶντα γὰρ διψῶντα με γυμνὸν ἠσθενημένον,
ἐν φυλακῇ καθήμενον καὶ τεθλιμμένον ξένον,
ξενίας ἠξιώσατε καὶ σκέπης καὶ προνοίας. »
Τοῖς δέ γε, φεῦ! ἁμαρτωλοῖς τοῖς ἐκ τῶν εὐωνύμων
ῥήξει φωνὴν ἀπόκροτον · « πορεύεσθε καὶ πόρρω,   245
ὡς κληρονόμοι τῆς ἀρᾶς, εἰς πῦρ τῶν ἐξωτέρων
ὃ τῷ Σατᾶν ἡτοίμασται καὶ τοῖς Σατᾶν ἀγγέλοις,
ὅσοιπερ ἐπηγάλλοντο τοῖς τούτου μᾶλλον ἔργοις,
καὶ περὶ πᾶσαν θέλησιν ἐσπούδασαν ἐκείνου,   250
τὰς δ' ἐντολάς μου τὰς χρηστὰς ἠθέτησαν ἀφρόνως,
καὶ ταύτας ἀπεστράφησαν μισήσαντες ἐκτόπως,
καὶ πάσας τοῦ βαπτίσματος παρώσαντο συνθήκας,

NOTES CRITIQUES.

248 [Le ms. de Phialite contient cette note marginale : Ὅτι ἡ
ἐργασία τῆς ἁμαρτίας ἀπαλλοτριοῖ τοῦ Κυρίου καὶ προσοικειοῖ
τῷ διαβόλῳ.]

Variantes de D causées par l'iotacisme : ἀπαλλοτριεῖ .....
προσοικειεῖ.

καὶ ψεῦσται κατεφάνητε καὶ ἀποστάται γέ μου ·
ἀπέλθατε πρὸς τὸν ὑμῶν καὶ φίλον καὶ δεσπότην, 255
καὶ σὺν αὐτῷ κολάζεσθε εἰς αἰῶνας αἰώνων. »
Τότε, Ψυχή μου ταπεινή, Ψυχή μου παναθλία,
ἂν μὲν ἦν δὶς ἀποθανεῖν καὶ αὖθις χωρισθῆναι,
ἐξέψυξαν ἂν ἅπαντες μὴ φέροντες τὸν φόβον
ὑπενεγκεῖν ἢ κατιδεῖν τὸν φρίκης πεπλησμένον. 260

NOTES CRITIQUES.

Nous avons écrit δε sans accent parce que, ici, il est enclitique. Cp. v. 128, la note.

254 κατεφάνητε.] B : κατεφάνειτε. Nous avons remplacé par γε la
leçon γάρ commune à tous les mss. Pour cette confusion,
cp. Bast. p. 877.

255 B, C, E. ἀπέλθατε ..... καὶ φίλον καὶ .....] A : ἀπέλθατε .....
φίλον καὶ τὸν ..... D : ἀπέλθετε ..... καὶ φίλον καὶ. Nous avons
cru devoir conserver ἀπέλθατε qui se trouve dans les deux
familles de mss. Cp. εἰπάτω, d. Matthiæ, p. 193, remarque
7. Or, de même que εἶπα, ἦλθα est quelquefois employé
dans l'Écriture sainte pour l'aor. 2 ἦλθον. Voir précisé-
ment dans St Matthieu, XXV, 35, le passage que vient
d'imiter Philippe.

Cependant on trouve aussi ἔλθετε, Nombr. XXI, 27 : Ἔλθετε
εἰς Ἐσεβών.

256 κολάζεσθε. A, D. E.] B, C : κολάζεσθαι. De plus C porte αἰῶνα
αἰῶνος au lieu de αἰῶνας αἰώνων. Le copiste de D est le seul
qui ait marqué l'ι souscrit dans αὐτῷ.

257 .....μου ταπεινή, ψυχή μου παναθλία A, B, C]. D : μου ταπεινή
τάλαινα παναθλία. E : παντάλαινα, ψυχή μου παναθλία.
Le second hémistiche de E confirme la leçon des mss. de la
première famille.

Τότε, dans B, est souligné par une seconde main.

258 ἂν A, B, C]. D, E : εἰ. Les Byzantins emploient ἂν avec l'indicatif. Cp. v. 89, et le Thesaurus.

Au second hémistiche, αὖθις χωρισθῆναι A, B, C]. E : πάλιν
χωρισθῆναι. D : πάλιν ἀναστῆναι. Ici encore, E confirme la
leçon de A, B, C. D'ailleurs cp. v. 13.

259 ἐξέψυξαν]. E : ἐξέψηξαν.

260-261 L'ordre de ces deux vers est interverti dans D.

260 τὸν φρίκης πεπλησμένον A, B, C]. D, E : τὴν φρίκης πεπλησμένην.

καὶ ψεῦσται κατεφάνησαν τῆς σφῶν ὁμολογίας ·
πρὸς ὃν δὲ καὶ προσέθεσθε, πορεύεσθε καὶ τάχος,   255
καὶ σὺν αὐτῷ καὶ μετ' αὐτοῦ κολάζεσθε βασάνοις. »
Τότε, Ψυχή μου μέλαινα, Ψυχή μου τρισαθλία,
ἂν οἷόν τ' ἦν ἀποθανεῖν καὶ πάλιν ἀναστῆναι,
ἀπέψυξαν ἂν ἅπαντες τῷ φρικαλέῳ λόγῳ,
τὴν ἀπευκτὴν μὴ φέροντες ἀπόφασιν βαστάζειν.   260

NOTES CRITIQUES.

255 [πορεύεσθε: ce mot est surmonté d'un x qui renvoie à ce passage, écrit à la marge, d'un Père anonyme :

Ὑμεῖς ἐκ τοῦ πατρὸς ὑμῶν τοῦ διαβόλου ἐστὲ, καὶ τὰς ἐπιθυμίας τοῦ πατρὸς ὑμῶν θέλετε ποιεῖν, οἴδαμεν δὲ ὅτι οὐχὶ κοινωνὸς ἁπλῶς ἐστι τοῦ διαβόλου ἀλλὰ δοῦλος, καὶ κύριον αὐτὸν καὶ πατέρα ἐπιγράφεται ἐκεῖνον οὗ τὸ ἔργον τις ποιεῖ · φησὶν οὖν ὁ ἀπόστολος ὅτι · οὐκ οἴδατε ᾧ παριστάνετε ἑαυτοὺς δούλους εἰς ὑπακοὴν, δουλοί ἐστε ᾧ ὑπακούετε, ἤτοι ἁμαρτίας εἰς θάνατον ἢ ὑπακοῆς εἰς δικαιοσύνην (Sᵗ Paul. Ep. Rom. VI, 16). — Τί με (sic) λέγετε · Κύριε, Κύριε, καὶ οὐ ποιεῖτε ἃ λέγω (Sᵗ Matth. VII, 2). Δεῖ γὰρ ὑμᾶς καὶ τῷ ἔργῳ Κύριον ὁμολογεῖν, ἐπεὶ πᾶσα σχεδὸν ἡ ἀνθρωπίνη φύσις ἐκείνῳ δέδωκεν ἑαυτὴν, καὶ πάντες αὐτῷ δουλεύουσιν ἑκόντες καὶ προτρεπόμενοι, καὶ τῷ μὲν Χριστῷ μυρία ἀγαθὰ ἐπαγγελλομένῳ οὐδὲ προσέχει τις · ἐκείνῳ δὲ εἰς γέενναν παραπέμποντι πάντες ὑπείκουσιν.

D ne contient pas ce passage.

Οὐαί σοι, τάλαινα Ψυχὴ, καταδεδικασμένη ·
συχνὰ μέλλεις περισκοπεῖν ἐνταῦθα καὶ ἐκεῖσε ·
ὁ βοηθῶν οὐ πάρεστιν, οὐδ' ὁ λυτρούμενός σε ·
λοιπὸν τὰ ἔργα τὰ δεινὰ τὰ πολλὰ καὶ βαρέα
ἅπερ εἰργάσω, οἴκτιστε, ἐν τῷ παρόντι βίῳ,   265
αὐτά σε κατακρίνουσιν εἰς τὸ πῦρ ἐμβληθῆναι,
ἐκεῖσε καὶ κολάζεσθαι εἰς αἰῶνας αἰώνων.

<hr />

NOTES CRITIQUES.

261 καταδεδικασμένη.] C : κατὰ δὲ δικασμένη.
262 συχνὰ μέλλεις περισκοπεῖν. B, D.] A : συχνὰ μέλλεις περιβλέπειν.
    E : συχνὰ μέλλεις περιβλεπεῖν (sic). C : συχνῶς γὰρ περιβλέ-
    πειν σε. — Ἐκεῖσε.] C : ἐκεῖσαι.
    Le vers est faux dans A, E. Dans C il a été corrigé, mais on
    n'y trouve plus μέλλεις. Il faut suivre B, D. La confusion
    de περισκοπεῖν avec περιβλέπειν a été amenée par la syno-
    nymie et la similitude de l'orthographe. Cp. dans Bast,
    p. 857, la confusion de σκοπεῖν avec νοεῖν.
263 Lacune dans D; elle provient de l'homoïoteleute aux vers
    262-263. A : .....βοηθῶν δ' ..... οὐδ'ὁλυτρούμενός σε. C :
    βοηθὸν .....οὐδ'ὁ λυτρούμενός σε. B : βοηθῶν ..... οὐ λυτρού-
    μενός σε. E: βοηθῶν ..... οὐδ'ὁ λυτρούμενός σοι. — δ' dans A
    est une addition du copiste.
264-267 Ces vers sont soulignés dans B, par la main plus
    récente.
264 τὰ δεινὰ..... βαρέα. A, C.] B : δὲ δεινὰ ..... βαρέα. D, E : τὰ
    δεινὴ .....μεγάλα.
265 οἴκτιστε. Ou Philippe a attribué à cet adjectif deux terminai-
    sons seulement, ou plutôt en disant ὦ Ψυχή, il a entendu
    ὦ ἄνθρωπε, par syllepse. Cp. Sᵗ J. Damascène de la Foi
    orthod. livre III, ch. 65 : Ἰστέον ὡς παρὰ τῇ ἁγίᾳ Γραφῇ,
    ποτὲ μὲν ψυχὴ λέγεται ἄνθρωπος.
    Ἐν τῷ παρόντι βίῳ, la vie présente (sur la terre), par oppo-
    sition à la vie future. Cp. Sᵗ J. Chrys. Edit. Gaume, t. V,
    397. E : Exposition sur le ps. CXIX : Καὶ γὰρ παροικία ὁ
    παρὼν βίος. Sur Eutrope et la vanité des richesses. T. III,
    ..... Οὕτω καὶ ἡμεῖς ἐν τῷ παρόντι βίῳ.
266 εἰς τὸ πῦρ.] A : εἰς πῦρ τοῦ.
267 ἐκεῖσε. Cp. v. 163.
    αἰῶνας.] B, C : αἰῶνα. Cp. le v. 256 où B porte αἰῶνας et le

256-262

Οὐαὶ τῆς κατακρίσεως, οὐαί σοι καὶ τοῦ πάθους ·
συχνὰ μεταστραφήσῃ γαρ καὶ πανταχόσε βλέψεις ·
ὁ βοηθῶν οὐ πάρεστιν, ὁ λυτρωτὴς οὐκ ἔστι,
τῶν ἔργων σου κατέναντι παρισταμένων τότε,
ἅπερ ἀνέδην ἔδρασας, ἅπερ ἀσέμνως ἔτλης,   265
καὶ καταμαρτυρούντων σου τῇ βίᾳ τῶν ἐλέγχων
καὶ τῷ πυρὶ καὶ τῇ φλογὶ παραπεμπόντων αἴφνης.

NOTES CRITIQUES.

262 [γαρ est enclitique dans ce vers. Cp. Tzetzès. Allégor. p. 156,
v. 210] Nous avons donné l'accent à γάρ et à δέ toutes les
fois que les exigences de la versification ne s'y opposent
pas.

Λοιπὸν, τίς διηγήσεται τὰς θλίψεις καὶ τοὺς πόνους
καὶ τὴν ἀνάγκην τὴν πολλὴν, τὸ πένθος καὶ τὸ θρῆνος
ἃ μέλλει σε καταλαβεῖν ἐν τῇ ὥρᾳ ἐκείνῃ,   270
ἡνίκα σε χωρίζουσιν ἀπὸ τῶν συγγενῶν σου,
ἀπὸ γονέων, ἀδελφῶν, καὶ γυναικὸς καὶ τέκνων,
φίλων ἰδίων, καὶ γνωστῶν, καὶ τῶν γνωρίμων πάντων.
Ἐπίσκοποι χωρίζονται ἀπὸ συνεπισκόπων,
ὁμοίως καὶ πρεσβύτεροι ἀπὸ συμπρεσβυτέρων,   275
καὶ οἱ λοιποὶ ἐκ τῶν αὐτοῖς ὁμοίων κατὰ τάξιν.
Ἐκ τούτων οὖν τῆς δεξιᾶς μερίδος οἱ τυχόντες,
ἀπέρχονται μετὰ πολλῆς χαρᾶς καὶ εὐφροσύνης

NOTES CRITIQUES.

v. 370 où le copiste de C finit lui-même par admettre la
locution consacrée.

268 λοιπὸν..... τὰς θλίψεις καὶ τοὺς πόνους. D, E.] A, B, C : Ψυχὴ
..... τοὺς πόνους καὶ τὰς θλίψεις. Il est plus vraisemblable
que Ψυχή, mot dont l'emploi est si prodigué dans la pièce,
ait pris la place de λοιπόν, que ne l'est la supposition
contraire.

269 Lacune dans D. — τὸ πένθος καὶ τὸ θρῆνος E]. Transposition
des mots dans A, B, C. τὸ θρῆνος καὶ τὸ πένθος.

270 ἃ μέλλει.] E : ὃ μέλλει. Seul le copiste de D a marqué l'ι
souscrit dans τῇ ὥρᾳ ἐκείνῃ.

271 ἡνίκα .....χωρίζουσιν .....συγγενῶν. D, E.] A : ὁπόταν .....χωρί-
ζωσιν .....συγγενῶν. B : ὁπόταν .....χωρίζουσιν .....συγκενῶν.
C : ὁπότε .....χωρίζουσιν .....συγκενῶν.
La leçon ἡνίκα de D, E, va mieux avec ἐν τῇ ὥρᾳ ἐκείνῃ que
ὁπόταν ou ὁπότε. Χωρίζουσιν s.-ent. ἄγγελοι, mais ce sujet
devrait être exprimé.

272 ἀπὸ γονέων, ἀδελφῶν]. D : ἀπογονέων ἀδελφῶν. A, B, C, E :
ἀπογονεῖς καὶ ἀδελφούς. La leçon fautive de ces 4 derniers
mss. est ancienne; le copiste de D l'a corrigée comme il
convenait.

273 καὶ γνωστῶν.] B : συγκενῶν.

274 χωρίζονται.] C : χωρίζουσιν.
Dans C, le v. 273 est répété après le 274.

276 αὐτοῖς ὁμοίων. D]. E : αὐτῆς ὁμοίων. A, B, C : αὐτῶν ὁμοίως.

278 πολλῆς χαρᾶς. A, C, E.] Transposition des mots dans B, D :
χαρᾶς πολλῆς.

263-273

Τὸ πάθος ἀδιήγητον, ἡ συμφορὰ μεγίστη,
ἡ κόλασις ἀνύποιστος, οὐδὲ γὰρ πέρας ἔχει,
ἡ θλίψις ἀπαράμιλλος, τὸ τῆς αἰσχύνης πλέον ·   270
καὶ γὰρ καὶ διιστῶσι σε τῶν συγγενῶν καὶ φίλων,
τῶν τέκνων καὶ τῆς δάμαρτος, τῶν φίλων κασιγνήτων,
τῶν ὁμογνίων, τῶν γνωστῶν, τῶν ξένων καὶ συνήθων·
Ἐπίσκοποι χωρίζονται τῶν συνεπισκοπούντων,
οἱ θῦται καὶ πρεσβύτεροι τῶν τῆς αὐτῆς ἀξίας.   275
Οἷς μέντοι γέγονε τυχεῖν μερίδος τῆς εὐκταίας,
πορεύονται καὶ χαίρουσιν ἀσμένως ἐπὶ δόξαν,
ἐπὶ τὸν χῶρον τῆς τρυφῆς καὶ τῆς Ἐδὲμ τὴν χλόην,

NOTES CRITIQUES.

271 [διιστῶσι σε. Pour l'accentuation, v. la note sur le v. 17.]

εἰς τὸν τερπνὸν παράδεισον, τὴν πᾶσαν θυμηδίαν ·
[οὐ λέγω γὰρ τὸν αἰσθητὸν εἰς ὃν Ἀδὰμ ὑπῆρχεν ·   280
ἀλλὰ παράδεισόν φημι, εἰς ὃν ἡρπάγη Παῦλος,]
καὶ γνωριοῦσιν, ὦ Ψυχὴ, ἅπαντας τοὺς δικαίους,
Ἀδὰμ, τὸν Ἄβελ, τὸν Ἐνὼς καὶ τὸν Ἐνὼχ καὶ πάντας
οἵτινες εὐηρέστησαν πρὸ νόμου τῷ Δεσπότῃ,
τὸν Ἀβραὰμ, Μελχισεδὲκ· πρὸς δὲ, τοὺς μετὰ νόμον,   285

NOTES CRITIQUES.

279 πᾶσαν, correction de πάλαι qu'on lit dans A, B, C, D. E porte
ὄντως. Évidemment il ne s'agit pas du paradis terrestre,
πάλαι, mais du ciel comme l'a mieux compris le copiste
de E qui a corrigé la leçon ancienne, mais fautive, en ὄντως.
Nous pensons que πάλαι a remplacé πᾶσαν dont la dernière
syllabe aura été effacée ou illisible, au moment où le
copiste de X faisait sa transcription.

Pour le sens de πᾶσαν, cp. Soph. Électre, 301 : ἡ πᾶσα βλάβη.

280-281. Lacune dans A, B, C. Vers intrus; ils sont l'œuvre d'un
copiste. Cp. v. 115-117, 213, 219, 224.

280 εἰς ὃν. Cp. v. 15, la note.

281 D, E : παράδεισον φημὶ..... D porte ἡρπάγει.

282 Dans B, les mots γνωριοῦσιν ὦ ψυχὴ, sont soulignés.

284 εὐηρέστησαν ..... τῷ δεσπότῃ. D]. Dans A, B, E, l'ι souscrit
n'est pas marqué. C : ἐβαρέστησαν ..... τὸν δεσπότην.

285-286 Peut-être ces deux vers sont-ils intrus? Cependant
le premier se trouve dans les mss. de la première
famille, et l'omission du second dans A, B, C, s'explique
facilement. L'intrusion, si elle existe, n'a pas pour
auteur le copiste dont nous avons plusieurs fois parlé.
Cp. v. 280-281.

285 Nous donnons les différentes formes que ce v. a dans les
mss.: Μελχισεδὲκ, πρὸς δὲ, τοὺς μετὰ νόμον. D. — E : Μελχισεδὲκ καὶ πάντας τοὺς πρὸ νόμου. A : καὶ τὸν Μωσνῆ καὶ
πάντας τοὺς προφήτας. B: comme A, sauf Μωσῆ. C, comme
A, sauf Μωϋσῆν. La leçon τοὺς πρὸ νόμου de E, est une
répétition du vers précédent. Le copiste de Y, en réunissant
en un seul les deux vers 285-286, a péché contre la chro-
nologie, puisqu'il fait vivre avant la Loi, Moïse qui l'a pro-
mulguée et les prophètes qui sont venus longtemps après.
Ce vers, intrus ou non, a dû présenter quelques difficultés,
pour la lecture, dans X.

οὐ λέγω τὸν ὁρώμενον ἐφ' ὃν Ἀδὰμ ἐτέθη, 280
ἐφ' ὃν δ' ὁ Παῦλος αἵρεται παράδεισον ἐκεῖνον ·
τὸν ὅμιλον γνωρίσουσιν ἐκεῖ τὸν τῶν δικαίων,
Ἀδὰμ, τὸν Ἄβελ, τὸν Ἐνὼς καὶ τὸν Ἐνὼχ, τοὺς πάντας
οἳ πρότερον εὐάρεστοι γεγόνασι τῷ Κτίστῃ,
τοὺς μετὰ νόμον, Ἀβραὰμ, Μελχισεδὲκ ἐκεῖνον, 285

NOTES CRITIQUES.

281 [Note marginale et explicative du vers : Ἔνθα ἐστὶν ἡ ἁγία
Τριὰς ἤγουν ὁ Θεός.] D n'a pas cette note.

τὸν Μωϋσῆν, καὶ Ἀαρὼν, καὶ πάντας τοὺς Προφήτας ·
ἀλλὰ καὶ μετὰ σάρκωσιν καὶ Χριστοῦ παρουσίαν,
τοὺς Ἀποστόλους τοὺς αὐτοῦ, τοὺς Μάρτυρας δὲ πάντας,
καὶ τοὺς ὁσίους καθεξῆς Ἱεράρχας ὁμοίως,
τὴν Θεοτόκον αὖθις δε, τὸν Πρόδρομον ὡσαύτως ·   290

NOTES CRITIQUES.

286 Lacune dans A, B, C, ou bien X portait comme E, καὶ πάντας,
et alors le commencement semblable du second hémistiche
dans les vers 285-286, a été cause de la réunion de ces
deux vers en un seul dans Υ, dont le copiste aura ensuite
changé Μελχισεδὲκ en Μωσῆν, ce dernier personnage étant
plus important : ou bien, après avoir écrit Ἀβραάμ, il aura
reporté les yeux à la même hauteur, sur le vers suivant,
et ensuite il aura substitué Μωϋσῆν à Ἀαρών.

Pour la forme Μωϋσῆν, cp. Lévitiq. ch. XI, XII, XIII, XIV,
XV, etc., etc. St Luc, Act. des apôtres VI, 11.

287 B : .....μετὰ .....ρκωσιν (deux lettres illisibles). Une main
plus récente a écrit σα entre τὰ et ρκω et a barré l'accent
grave de τα. Dans ce même mss. le vers est souligné
jusqu'à παρουσίαν.

288 τοὺς αὐτοῦ τοὺς. A, B, C.] D : δὲ αὐτοῦ τοὺς..... E : τοὺς αὐτοῦ
καί.

289 B, C, D. δ'ὁμοίως. A. τε ἄμα. δ' est une intrusion ancienne
qui modifie le sens et rend le second hémistiche inutile,
en donnant une signification trop étendue à ὁσίους, mot
qui dans ce vers doit se rapporter uniquement à ἱεράρχας.
Cette remarque n'a sans doute pas échappé au copiste de
E qui a changé de place les deux hémistiches ; il a écrit :
καὶ ἱεράρχας καθεξῆς καὶ τοὺς ὁσίους πάντας.

290 A : .....αὖθῒς δε τὸν πρόδρομον ὡσαύτως. B : .....αὖθῒς δε τὸν
πρόδρονμον ὡς αὖτως ; le premier ν de πρόδρονμον est barré
de seconde main.

C : .....αὖθῒς δε πρόδρομον ἰωάννην. D : .....μαριὰμ σὺν τῶ
προδρόμω αὖθις. E : .....μαριὰμ σὺν τῶ προδρόμω αὖ.....
(tache d'encre après αὖ). Μαριάμ et Ἰωάννην sont des gloses
qui se présentaient tout naturellement à l'esprit du copiste
et valaient bien αὖθις et ὡσαύτως, mais ne laissaient pas
que de changer le texte. Cp. v. 148.

τὸν Μωϋσῆν τὸν Ἀαρὼν, τῶν Προφητῶν τὸν δῆμον,
μετὰ Χριστὸν, τοὺς ὅσοιπερ τῆς χάριτος ὑπῆρχον,
τοὺς Ἀποστόλους πρώτιστα, τὰ στίφη τῶν Μαρτύρων,
τὸν τῶν Πατέρων ἑρμαθὸν, Ἀρχιερεῖς ὁσίους,
τὴν Θεοτόκον Μαριὰμ, τὴν χάριν τοῦ Προδρόμου,   290

τοὺς πάντας γὰρ γνωρίσουσι κατ᾽ ἄνδρα καὶ κατ᾽ εἶδος ·
τούτοις δὲ καὶ συνέσονται αἰωνίως, Ψυχή μου.
Εἰς δέ γε τὴν ἀριστερὰν μερίδα οἱ τυχόντες,
καὶ εἰς τὸν Ἄδην, φεῦ Ψυχή! δεινῶς κατακλεισθέντες,
καὶ τὸ γνωρίζειν, δυστυχεῖς, οὐκ ἔχουσιν ἀλλήλους ·
ἐκεῖ γὰρ σκότος ζοφερὸν καὶ ἀφεγγὲς δι᾽ ὅλου,
καὶ πῶς λοιπὸν κατόψονται ἀλλήλους ἐν τῷ σκότει;
ἐκεῖ κλαυθμὸς καὶ ὀδυρμός, οὐδέν τι πλέον λέγω.
Οὐαὶ τοῖς ἔχουσιν ἐκεῖ ἐμβληθῆναι, Φιλτάτη,

295

NOTES CRITIQUES.

291 A : τοὺς πάντας γὰρ γνωρίσουσῖ κατ᾽ εἶδος.

B : τοὺς πάντας ἐπιγνώσονται κατ᾽ ἄνδραν καὶ καὶ κατεῖδος (sic).

C : τοὺς πάντας γνωρίζουσῖ, le reste comme A.

D, comme A, sauf γνωρίσωσι pour γνωρίσουσι.

E : τοὺς πάντας καὶ γνωρίσουσι κατ᾽ ἄνδρα κατὰ εἶδος.

Le vers 282 nous donne le futur attique γνωριοῦσι. Nous
n'avons pas cru devoir ramener les deux leçons à une
forme unique. Cp. v. 204.

293 δέ γε A, B, C, D.] Γε manque dans E.

294 κατακλεισθέντες]. C : κατακλεισθέντας.

295 .....τὸ γνωρίζειν δυστυχεῖς ..... ἀλλήλους.] A, D : .....τοῦ γνωρίζειν δϋστϋχῶς .....ἀλλήλους. B : .....τοῦ γνωρίζειν δϊστϋχῶς
.....ἀλλήλους. C : comme A, D, sauf ἀλλήλοις. E : .....τὸ
γνωρίζειν δυστυχῶς..... ἀθλίως.

Τοῦ .....δυστυχῶς; cette leçon est ancienne et remonte à X.
Le copiste de E a corrigé, heureusement, le premier mot
en τό, comme le lui suggérait la syntaxe. Nous pensons
que δυστυχῶς vient de δυστυχεῖς. Pour la confusion de εἰς
avec ὡς, cp. Grég. de Corinthe, p. 23, 78.

296 Ἐκεῖ γαρ (sic). ζοφερὸν καὶ ἀφεγγές. A, B.] C : ἐκεῖ γαρ
.....ἀφεγγὲς καὶ ζοφερόν. D : Ἐκεῖσε .....γνοφερὸν καὶ ἀφεγγές.
E : Ἐκεῖσε .....ζοφερὸν καὶ ἀφεγγές.

297 D : .....ἀλλήλους .....τῷ. A, B, E : ἀλλήλους .....τῶ. C :
ἀλλήλοις .....τῶ.

298 πλέον λέγω. E : λέγειν πλεῖον.

299 ἐμβληθῆναι, φιλτάτη. D, E.] A, B : ἐμβληθῆναι, ψυχή μου.

C : βληθῆναι ὦ ψυχή μου. Ψυχή μου provient d'une glose, cp.
v. 14, 100, 268. — ὦ a été ajouté dans C, après l'omission de ἐμ. avant βληθῆναι.

Τοῖς ἔχουσιν .....ἐμβληθῆναι, équivaut à τοῖς ἐμβληθησομένοις.

τοὺς πάντας ἐπιγνώσονται κατ' ἄνδρα καὶ κατ' εἶδος
καὶ συσκηνώσουσιν αὐτοῖς τοῖς τῷ Χριστῷ συζῶσιν.
Οἱ δὲ λαχόντες ἔμπαλιν τῆς ἀπευκτῆς μερίδος,
καὶ τὸν ἐν Ἅδου συγκλεισμὸν παθόντες ἐξ ἀνάγκης,
οὐδὲ γνωρίζειν ἔχουσιν ἀλλήλους πρὸς τοῖς ἄλλοις ·   295
τοῦ σκότου γὰρ τυγχάνοντος, ἀφεγγεστάτου σκότου,
πῶς ἂν ἀλλήλους ἔχοιεν ἢ βλέπειν ἢ γινώσκειν;
ἐκεῖ καὶ θρῆνος συμμιγής · τί δ' ἂν τις πλέον λέγῃ,
ὅτι μὴ φεῦ τοῖς μέλλουσι κατακλεισθῆναι ταύτῃ;

NOTES CRITIQUES.

292 [αὐτοῖς τοῖς, correction de αὐτοῖς καὶ..... que porte le ms.
L'omission de τοῖς après αὐτοῖς a pu faire insérer le sup-
plément καί pour rétablir le vers.]

298 [λέγῃ. Peut-être pour λέγοι. V. la note sur le v. 7.]

7

ἐκεῖ βληθῆναι γάρ ἐστιν, οὐκ ἔστι δ'ἐκβληθῆναι.　　　**300**

　Ἀνάνηψον, ταλαίπωρε, ἀνάστα, τί καθεύδεις;
ἔγειραι καὶ γρηγόρησον ἕως καιρός ἐστί σοι,
ἀνάστηθι καὶ σπούδασον, Ψυχή μου, πρὸ θανάτου,
τὴν ῥαθυμίαν δίωξον, τὴν χαύνωσιν ἀπόθου,
ἐξάγγειλον ἃ ἥμαρτες ἐξότου ἐγεννήθης,　　　**305**
καὶ στέναξον καὶ δάκρυσον καὶ τύψον σου τὸ στῆθος,
καὶ σκόρπισον ἃ δύνασαι τοῖς πένησι προθύμως,

NOTES CRITIQUES.

Quelquefois comme ici, on emploie ἔχω au présent avant un verbe à l'infinitif uniquement pour donner à ce second verbe le sens du futur. V. le Thesaurus au mot Ἔχω, col. 2626, D ; Chroniq. Pasch. p. 734, 12 : Θαρροῖμεν εἰς τὸν Κύριον ἡμῶν .....καὶ τὴν Δέσποιναν ἡμῶν, ὅτι πάντα τὰ καθ' ἡμᾶς πρὸς τὴν ἀγαθότητα αὐτῶν ἔχουσι διοικῆσαι. Cp. v. 295, dans Philippe et dans l'auteur de la Diorthose.

300 A : .....γάρ .....οὐκέτι δ' ἐκβληθῆναι]. B : .....μέν .....οὐκ ἔστι δ'ἐκβληθῆναι.

　C : .....γάρ .....οὐκ ἔστιν ἐκβληθῆναι. D : μὲν..... ἐκβληθῆναι δ'οὐκ ἔστι.

　E : γὰρ ..... ἐκβληθῆναι δ'οὐκ ἔστι.— Dans B, le vers est souligné de seconde main.

301 Ἀνάνηψον ταλαίπωρε. D, E.] A, B, C : Ψυχὴ ἀθλία, ταπεινή. Nous avons déjà observé plusieurs intrusions de Ψυχή. Cp. v. 299.

302 Le second hémistiche de ce vers et le premier du suivant manquent dans B, C; lacune qui provient de l'homoïoteleute. Les vers 302 et 303 devaient se terminer au premier hémistiche par le même mot dans Υ; comme dans A.

　A, B : ἔγειραι. C, D : ἔγειρε. E : ἐγείρου. A : ἐστί σοι. D, E : σοι ἔστίν. E : ἐγρηγόρησον pour γρηγόρησον.

303 Ἀνάστηθι καὶ σπούδασον..... D]. E : Ἀνάστηθι καὶ σπούδαξον..... A : ἀνάστα καὶ γρηγόρησον. — C : πρὸς..... au lieu de πρό. Le premier hémistiche manque dans B, C. Voir la note, vers 302. — La leçon γρηγόρησον de A provient du vers précédent. Quant à la différence de forme ἀνάστα v. 301, et ἀνάστηθι v. 303, cp v. 204 et 291.

304 ἀπόθου]. A, E : ἀπώθου.

ἀνάδυσις οὐκ ἔστι γὰρ, οὐ λύσις τις ἐκεῖθεν.   300

Ἀνάνηψον, ἀνάστηθι, τί πάντοτε καθεύδεις;
γρηγόρησον, ἐννόησον ἕως καιρός ἐστί σοι,
ἐγέρθητι καὶ σύντεινον καὶ σπεῦσον πρὸ τοῦ τέλους,
τὸ ῥάθυμον ἀπόρριψον, ἀπόθου τὴν ῥαστώνην,
ἐξάγγειλον ἃ πέπραχας ἐκ πρώτης ἡλικίας,   305
καὶ στέναξον καὶ δάκρυσον καὶ τύψον σου τὸ στῆθος,
καὶ σκόρπισον καὶ πάρασχε καὶ θρέψον τοὺς πεινῶντας,

NOTES CRITIQUES.

300 [γαρ : V. la note sur le v. 262.]

306 καὶ τύψον σου τὸ στῆθος. E : καί après σου.

> [τύψον est surmonté d'un x qui renvoie, à la marge, à ce
> passage de St J. Chrysostome; Exposit. sur le Ps. vi : Εἰ
> γὰρ μὴ βουληθείημεν ἐξομολογήσασθαι καὶ κλαῦσαι ἐνταῦθα,
> ἀνάγκη πάντως ἐκεῖ ὀδύρεσθαι καὶ κλαίειν· ἐκεῖ μὲν ἀνόνητα,
> ἐνταῦθα [δὲ] μετὰ κέρδους · [καὶ ἐκεῖ μὲν μετ' αἰσχύνης, ἐνταῦθα
> δὲ μετ' εὐκοσμίας πολλῆς.] Ὅτι γὰρ ἀνάγκη τοῦτο γενέσθαι,
> ἄκουσον τί φησιν ὁ Χριστός · ἐκεῖ ἔσται ὁ κλαυθμὸς καὶ ὁ βρυγ-
> μὸς τῶν ὀδόντων (St Matth. VIII, 12). Ἀλλ' οὐχ οἱ ἐνταῦθα
> κλαίοντες οὕτως · ἀλλὰ πολλῆς ἀπολαύσονται τῆς παρακλή-
> σεως· Μακάριοι γὰρ οἱ πενθοῦντες, ὅτι αὐτοὶ παρακληθήσονται
> (St Matth. V. 6), οὐαὶ δὲ οἱ γελῶντες ὅτι ἀπέχετε τὴν παρά-
> κλησιν ὑμῶν (St Luc, VI, 24).

> Les mots mis entre crochets ne sont pas dans P, ils se
> trouvent dans l'édition Gaume, vol. V, p. 54. E; en
> revanche notre ms. porte les mots ἐξομολογήσασθαι καὶ,
> qui manquent dans Gaume.

307 [un λ est placé sur θρέψον, qui renvoie, en marge, à ce pas-
> sage de St J. Chrysostome : Τοῦτο οὐκ ἔστιν ἐλεημοσύνη τὸ
> τελευτῶντα καὶ οὐκ ὄντα κύριον παρέχειν τότε, οὐ γὰρ ἐκ τῶν
> σῶν δίδως λοιπὲν, ἀλλ' ἐξ αὐτῆς τῆς ἀνάγκης · τῷ θανάτῳ ἡ
> χάρις, οὔ σοι, τοῦτο οὐκ ἔτι φιλοστοργίας, ἀλλ' ἐπηρείας · ἀλλ'
> ὅμως κἂν οὕτως γινέσθω, κἂν τότε λῦσον τὸ πάθος τῆς
> ἀπανθρωπίας.

> Ce passage est suivi d'un autre de Théodoret. Le voici : Δὸς
> τῷ Θεῷ χαριστήριον ὅτι τῶν εὖ ποιεῖν δυναμένων ἐγένου, ἀλλ'
> οὐ τῶν εὖ παθεῖν δεομένων, ὅτι μὴ βλέπεις αὐτὸς εἰς τὰς ἀλλο-
> τρίας χεῖρας, ἀλλ' εἰς τὰς σὰς ἕτεροι · ἕως πλεῖς ἐξ οὐρίας,
> τῷ ναυαγοῦντι δὸς χεῖρα, ἕως εὐεκτεῖς καὶ πλουτεῖς τῷ κακο-
> παθοῦντι βοήθησον, δός τι μικρὸν τῷ δεομένῳ, οὐ γὰρ μικρὸν
> τῷ πάντα ἐπιδεεῖ, ἀλλ' οὐδὲ τῷ Θεῷ ἂν, ᾗ (sic) κατὰ δύναμιν.

καὶ δὸς, Ψυχή μου, σύνταξιν μηκέτι ἁμαρτάνειν.
Ὁ θάνατος ἐφίσταται ἄωρος, ὥσπερ κλέπτης,
καὶ τὴν ἡμέραν ἀγνοεῖς, τὴν ὥραν οὐ γινώσκεις,   310
καὶ μή σε καταλήψεται ἀνέτοιμον, ἀθλία,
συγχώρησον τῷ πταίσαντι, τῷ παροργίσαντί σε,
καὶ ἄφες ὅσα ἥμαρτε καὶ σύγγνωθι τῷ πέλας,
τῇ Θεοτόκῳ πρόσπεσον, θερμῶς παρακαλοῦσα
ὡς παρρησίαν ἔχουσαν πολλὴν πρὸς τὸν Δεσπότην,   315
καὶ τοὺς ἁγίους ἅπαντας μὴ παύσῃ δυσωποῦσα,
ἵνα σοι ἵλεων Χριστὸν ἀπεργάσωνται τότε.
Ἔκτοτ’ ἂν ἔλθῃ θάνατος, Ψυχὴ, μὴ δειλιάσῃς,
ὁ θάνατος ἀνάπαυσις ὑπάρχει τοῖς δικαίοις ·
Χριστὸς γὰρ τοῦτο εἴρηκέ ποτε τοῖς Ἰουδαίοις ·   320

NOTES CRITIQUES.

308 σύνταξιν est souligné dans B, et à la marge on lit la glose
συνθήκην μηκέτι. — C : ἔτι μή.

309 ἐφίσταται ἄωρος, A, C]. B : ἐφίσταται ἄορος. E : ἐφίσταται ἀώρως ·
D : ὑφίσταται ἄωρος.

311 καταλήψεται. C : καταλείψεται.

312 .....τῷ πταίσαντι τῷ παροργήσαντί σε D]. A : .....τῶ πταίσματι
τῶ παροργήσαντί σε. B : .....τῶ πταίσαντι τῶ παροργίσαντί
σε. C, E : comme B, sauf σοι pour σε. Le datif σοι a été
amené par παροργίσαντι.

313 ἥμαρτε ..... τῷ D]. A, E : ἥμαρτε ..... τῶ. B : ἥμαρτε ..... τὸ .....
C : ἥμαρτες ..... τὸ .....

314 Seul, le copiste de D a marqué l’ι souscrit dans : Τῇ Θεοτόκῳ.

315 ἔχουσαν. B, C, D, E]. A : ἔχουσα.

317 .....ἵλεων Χριστὸν ἀπεργάσωνται A, E]. B : ἵλεον Χριστὸν ἀπεργάσονται. C : ἵλεως Χριστὸν ἀπεργάσονται. D : ἵλεων Θεὸν
ἀπεργάσωνται.

318 ἔκτοτ’ ἂν ἔλθῃ θάνατος, ψυχὴ, μὴ δειλιάσῃς A, D, E.]
B, comme A, D, E, sauf δειλιάσεις. C : ἔκτοτε θάνατον ψὖχὴ
ἐλθὼν μὴ δειλιάσεις.

319 Dans B, ce vers est souligné de seconde main.
ὑπάρχει.] E : τυγχάνει.

320 Χριστὸς γὰρ τοῦτο εἴρηκε ποτε ... D, E]. A, B, C : ὡς ὁ Χριστός
φησί ποτε αὐτοῖς ... Φησί et ποτε ne peuvent aller ensemble.
Cp. le v. 325, où tous les mss. portent εἶπε ou εἶπεν.

320-325 Passage suspect. L’archétype, vraisemblablement, por-

καὶ συνθοῦ μοι, καὶ σύνταξαι τὸ πλημμελεῖν μηκέτι.

Ὡς κλὼψ ἀθρόον θάνατος ἐφίσταται συλῶν σε

ἐν ᾗπερ ὥρα προσδοκᾷς οὐδόλως, οὐδ' αἰσθάνῃ ·　　　　　310

ἀλλ' ἔσω πάμπαν ἕτοιμος, παρασκευῆς εὖ ἔχε,

συγχώρησον τοῖς πταίσασι, τοῖς ὀφειλέταις ἄφες,

τῷ πέλας συγγνωμόνησον ὁσάκις ἂν ἁμάρτοι,

τῇ Θεοτόκῳ πρόσδραμε, μὴ κάμῃς δεομένη

(πολλὴν, ὡς μήτηρ, κέκτηται πολλὴν τὴν παρρησίαν),　　　315

δυσώπει πάντας πάντοτε καθ' ἕνα τοὺς ἁγίους,

ὡς ἄν σοι θεῖεν ἵλεων τῷ τότε τὸν δεσπότην.

Ἄν ἔλθῃ τότε θάνατος, μηδὲν δειλίαν ἄρῃς,

ὁ θάνατος ἀνάπαυσις ἀνδράσι καθὼς γράφει.

Διδάσκων εἶπεν ὁ Χριστὸς τοῖς Ἰουδαίοις ταῦτα ·　　　320

NOTES CRITIQUES.

Les trois dernières citations marginales manquent dans D.
« Πάρασχε; forme vicieuse de l'impératif, dit le Thesaurus,
et changée avec raison en παράσχες par Is. Vossius, dans
Euripide, Hécube, v. 842; » cependant ici cette leçon doit
être maintenue, car παράσχες en déplaçant l'accent de
πάρασχε, rendrait le vers faux.]

308 [τῷ, leçon vicieuse pour τό].

309 [ὁ κλώψ; nous avons corrigé ὁ en ὡς. Cp. l'Epître I. de
St Pierre, III, 10, à laquelle ce vers fait allusion : Ἥξει δὲ
ἡμέρα Κυρίου ὡς κλέπτης.

310 [οὐδόλως. Cette orthographe est confirmée par des exemples
auxquels renvoie le Thesaurus.]

311 [ἔσο leçon que nous avons corrigée en ἔσω.]

313 [ὁσάκις ἂν ἁμάρτοι. V. la note sur le v. 7.]

317 [ὡς ἄν σοι θεῖεν. Cp. v. 313, et la note sur le vers 7.
Τῷτοτε; nous avons écrit τῷ τότε, alors. V. le Thesaurus
au mot Τότε, col. 2325 D.]

318 [μηδὲν δειλίαν ἄρῃς. Cp. Soph. Ajax, v 75 : Μηδὲ δειλίαν ἀρεῖ.
La leçon ἀρεῖ rendrait faux le vers du Diorthote.]

319 [καθὼς γράφει, l'écrivain sacré, sous-entendu, à moins que
l'on ne préfère prendre γράφει dans le sens neutre, comme
il est écrit (St Jean. Ev. VI, 47). Γράφω est quelquefois
employé dans le sens intransitif pour γράφεσθαι, par les
Byzantins. Cp. Antiq. de Constantinople. Vol. I, p. 12. F:
Ἵστανται δύο στῆλαι Ἑλένης καὶ Κωνσταντίνου, καὶ σταυρὸς
μέσον αὐτῶν γράφων. Γράφων équivaut à γραφόμενος, comme,
plus loin p. 15, ἔγραψεν a le sens de ἐγράφη.]

ἀμὴν ἀμὴν λέγω ὑμῖν, ὁ εἰς ἐμὲ πιστεύων
ποιεῖ δὲ καὶ τοὺς λόγους μου, οὐδαμῶς ἴδῃ μόρον,
διὰ θανάτου πρὸς ζωὴν μεταϐήσεται πάντως
ἐκείνην τὴν ἀΐδιον τὴν οὐκ ἔχουσαν τέλος,
ἥτις ὑπάρχει ὁ Χριστὸς, αὐτὸς γὰρ εἶπε τοῦτο.   325
Ἰδοὺ, Ψυχή μου, εἶπον σοι τὰ μέλλοντα γενέσθαι,
καὶ τὰ καλὰ καὶ τὰ δεινὰ πάντα ὑπέμνησά σε

NOTES CRITIQUES.

tait les v. 324-325 à la marge. On a fabriqué un vers pour
les introduire dans le texte de X², et un autre pour les
introduire dans Υ; d'où les deux leçons actuelles du v.
320 dont la diversité ne peut guère s'expliquer autrement. On peut remarquer en outre que le v. 332, qui
dérange toute l'économie de la phrase, pourrait être
retranché sans dommage.

324 Allusion à St Jean. Ev. VI, 47; Ἀμὴν, ἀμὴν λέγω ὑμῖν, ὁ
πιστεύων εἰς ἐμὲ ἔχει ζωὴν αἰώνιον.

322-323 Allusion à St Jean. Ev. VIII, 51 : Ἀμὴν, ἀμὴν λέγω ὑμῖν,
ἐάν τις τὸν λόγον τὸν ἐμὸν τηρήσῃ, θάνατον οὐ μὴ θεωρήσῃ εἰς
τὸν αἰῶνα.

322 ἴδῃ]. D : ἴδοι.

323 A, B : μεταϐήσεται πάντως.] C : διαϐήσεται πάντως.
     D : μεταϐήσεται οὗτος. E : μεταϐέϐηκεν οὗτος.

324 οὐκ.] A : μή.

325 εἶπε τοῦτο D, E]. A : τοῦτο εἶπε. B, C : τοῦτο εἶπεν.
     Ce vers est imité de St Jean. Ev. XI, 25; Ἐγώ εἰμι ἡ ἀνάσ-
     τασις καὶ ἡ ζωή · ὁ πιστεύων εἰς ἐμὲ κἂν ἀποθάνῃ ζήσεται.
     Ch. XIV, 6 : Ἐγώ εἰμι ἡ ὁδὸς καὶ ἡ ἀλήθεια καὶ ἡ
     ζωή.

326 Εἶπον σοι. Pour l'accentuation, cp. v. 17, la note.

327-328. L'ordre de ces deux vers est interverti dans D, E, P.
     Cette transposition du vers 328 dans les mss. de la seconde
     famille peut venir de ce qu'il aurait été écrit primitivement
     à la marge. En effet il paraît être une réflexion de lecteur
     au sujet de l'expression πάντα du vers précédent, laquelle
     attribue à Philippe plus qu'il n'a dit réellement.

327 A : Καὶ τὰ καλὰ καὶ τὰ δεινὰ πάντως ὑπέμνησά σοι. B : πάντα
     ..... σε. C : comme A, sauf πάντα pour πάντως.
     D : Κἀκ τῶν καλῶν κἀκ τῶν δεινῶν πάντα ὑπέμνησά σε. E,
     comme D, mais σοι au lieu de σε.

ὁ δὴ πιστεύων εἰς ἐμὲ καὶ πράττων μου τοὺς λόγους
οὐκ ὄψεταί γε θάνατον, ἀμὴν ἀμὴν γὰρ λέγω,
ἀλλὰ καὶ μεταβήσεται πρὸς τὴν ζωὴν ἐκ πότμου,
πρὸς τὴν ζωὴν τὴν ἄληκτον ἧς τέλος οὔποτ' ἔσται ·
ζωὴ Χριστὸς αὐτός ἐστιν ὁ καὶ διδάσκων ταῦτα.   325
Ἰδού σοι προλελάληκα τὰ μέλλοντα γενέσθαι,
καὶ πάντα προδιέγραψα τοῦ χρόνου τοῦ παρόντος,

[τοῦ νῦν αἰῶνος μερικῶς, τοῦ μέλλοντος ὡσαύτως ·]
τὴν σωτηρίαν φρόντισον, ἀφορμὰς δὲ μὴ ἔχε.

Ὑμεῖς δὲ πάντες ἐν Χριστῷ ἀδελφοὶ καὶ πατέρες,   **330**
ὅσοι ἀναγινώσκετε τοὺς ἀγροίκους μου στίχους,
θρηνήσατε, θρηνήσατε, ναὶ συνθρηνήσατέ μοι ·

NOTES CRITIQUES.

328 Ce vers nous paraît être intrus. V. la note sur les v. 327-
328.

A, B, C : Τοῦ νῦν αἰῶνος μερικῶς, τοῦ μέλλοντος ὡσαύτως.

D : Τῷ νῦν αἰῶνι μερικῶς, τῷ μέλλοντι δ' ὡσαύτως.

E : comme D, sauf τὰ μέλλοντα pour τῷ μέλλοντι.

329 A : τὴν σωτηρίαν φρόντισον ἀφορμὰς οὖν μὴ ἔχῃς. B : φρόντησον
..... ἔχεις. C : ἔχεις. E : ἀφορμήν.

D : τῆς σωτηρίας φρόντισον ἀφορμὰς δὲ μὴ ἔχε.

Nous avons adopté la leçon σωτηρίαν, préférablement à σωτηρίας, parce qu'elle est dans les mss. des deux familles, et
que l'emploi de l'accusatif avec φροντίζω est plus rare que
celui du génitif. V. le Thesaurus.

Ἀφορμάς. Ce mot est remplacé dans la diorthose par πρόφασιν,
prétexte. On doit entendre ainsi le vers de Phialite : « Je
vous ai instruit, afin que vous n'ayez pas d'excuse à
apporter, dans les choses qui concernent votre salut. »

Pour avoir cette signification la phrase de Philippe contrairement aux habitudes de l'auteur, serait bien concise et bien
obscure; nous y voyons un autre sens. Ἀφορμάς doit
signifier ici éloignement. V. le Thesaurus, col. 2694. C :
Ἀφορμή, inquit Bud., opposita est τῇ ὁρμῇ, quasi Resi-
lientia (sic) et Evitatio. Damasc. : Οὐ γὰρ ἀφ' ἑαυτοῦ πρὸς
τὰ φυσικὰ πάθη τὴν ὁρμὴν ἐποιεῖτο, οὐδ' αὖ τὴν ἐκ τῶν λυπη-
ρῶν ἀφορμὴν..... Nous interprétons donc ainsi le vers de
Philippe :

Songez à votre salut, et n'en détournez pas votre pensée.

330 ..... Ἐν Χριστῷ ἀδελφοὶ καὶ πατέρες D, E.]. A, B, C : ἀδελφοὶ
πατέρες ἐν κυρίω. Dans D, E, l'hémistiche est mieux coupé.

331 ἀναγινώσκετε. B : ἀναγινώσκεται, l'ε écrit au-dessus de αι est
de seconde main.

332 ναὶ..... A, C, D]. E : καί..... Dans B : ναὶ, puis une main
postérieure a transformé le ν en un κ.

καὶ τῶν καλῶν ὑπόμνησιν ἐξεῖπον καὶ τῶν φαύλων,
ὡσὰν μηδ' ἔχῃς πρόφασιν τῆς σωτηρίας πέρι.

Ὑμεῖς δ' ὦ πάντες ἐν Χριστῷ πατέρες, ἀδελφοί μου,   330
οἱ μέλλοντες διέρχεσθαι τοὺς στίχους καθ' ἑκάστην,
θρηνήσατε, συγκλαύσατε, ναὶ συνθρηνήσατέ μοι,

NOTES CRITIQUES.

329 [ὡσάν. Cp. v. 145, la note.]

330 En face de Ὑμεῖς et à la marge dans Phialite, on lit ces deux
     mots: Τοῦ συγγραφέως. Au même endroit dans D, et un peu
     plus bas dans P, se trouve, toujours en marge, cette re-
     marque : Σημείωσαι ὅτι ὁ διὰ λόγου ἑαυτὸν καταγινώσκων,
     οὐδὲν ὠφελεῖται ἐκ τούτου, ἐὰν μὴ καὶ τὴν διὰ τρόπου ἐπισ-
     τροφὴν κτήσηται.

Σημείωσαι a été omis dans le ms. D.

Cette remarque qui ne manque pas de malignité, a pu être
     inspirée à un copiste par les aveux de Philippe pénitent.]

τοῦτο σημεῖον πέφυκεν ἀγάπης πληρεστάτης
τὸ χαίρειν μετὰ χαίροντος, τὸ συμπενθεῖν πενθοῦσιν.
Ἐν στεναγμοῖς καὶ δάκρυσι παρακαλῶ τοὺς πάντας   335
ὑπὲρ ἐμοῦ τοῦ ἀλιτροῦ εὔχεσθαί τε καὶ λέγειν ·
« συγχώρησον, συγχώρησον, συγχώρησον, Θεέ μου,
ψυχῇ ἀνδρὸς ἁμαρτωλοῦ τοῦ πλέξαντος τοὺς στίχους »,
ὅπως μὴ φλέξῃ μέ ποτε τὸ πῦρ τὸ τῆς γεέννης.
Τὸν πλάστην μου παρώργισα ἐκ τῶν ἀνομιῶν μου,   340
καὶ τῶν ἀμέτρων πράξεων τῶν αἰσχρῶν καὶ βεβήλων ·
ὡς μοναχὸς τὸ μοναχῶν περιβέβλημαι σχῆμα,

NOTES CRITIQUES.

333-334 Ces vers sont soulignés dans B.

333 τοῦτο.] B : τοῦτον.

334 1er hémistiche. Τὸ χαίρειν μετὰ χαίροντος.] D : τὸ χαίρειν σὺν τοῖς χαίρουσϊ. — 2e hémist. A : τὸ συνθρηνεῖν πενθοῦσϊν. B : τὸ σὺνπενθεῖν πενθοῦσϊν. C : τὸ συμπενθεῖν πενθοῦσιν. D : καὶ τὸ πενθεῖν πενθοῦσι. E : καὶ τὸ πενθεῖν πενθοῦσιν.

Le mot συνθρηνεῖν de A a été substitué à la bonne leçon συμπενθεῖν, car l'auteur dans le second hémistiche, comme dans le premier, a voulu rapprocher des expressions non pas seulement synonymes, mais identiques.

335 Depuis ce vers jusqu'à la fin du poème, lacune dans A et B. Si le copiste de Υ² a omis ces vers, c'est qu'ils lui ont paru sans intérêt, comme concernant uniquement la personne de l'auteur

Ἐν στεναγμοῖς καὶ δάκρυσι D, E.] C : καὶ στεναγμοὺς καὶ δάκρύα.

336 ἀλϊτροῦ, D, E.] C : ταπεινοῦ.

337 σὐγχώρησον θεέ μου C.] D, E : καὶ σύγγνωθϊ Χριστέ μου. συγχώρησον est exprimé 3 fois dans ce vers. Cp. θρηνήσατε v. 332.

338 C. ψυχῆς]. D, E : ψυχήν. Nous avons écrit ψυχῇ comme la syntaxe le demande.

339 Au premier hémistiche D, E : ὅπως. C : ἵνα. Au 2° hém. C, D : τὸ πῦρ τὸ τῆς γεέννης. E : τὸ πῦρ τῆς ἁμαρτίας.

340 παρώργισα.] D : παρώργησα.

341 Καὶ τῶν ἀμέτρων πράξεων τῶν αἰσχρῶν καὶ βεβήλων C.] — E comme C, sauf au 2e hémistiche : τῶν ἐσχρῶν καὶ βεβύλων. Ces mots sont d'une main assez récente. D : Καὶ τῶν ἀμέτρων μου κακῶν πράξεων καὶ βεβήλων.

342 τὸ μοναχῶν. E]. C, D : τῶν μοναχῶν. Τὸ se rapporte à σχῆμα,

καὶ γὰρ ἀγάπης πέφυκε τεκμήριον προδήλως
τὸ χαίρειν μετὰ χαίροντος, τὸ κλαίουσι συγκλαίειν.
Ἐν δάκρυσιν ἐκλιπαρῶ, καθικετεύω πάντας,   335
ὑπὲρ ἡμῶν τῶν ἀλιτρῶν εὐχὰς Θεῷ προσάγειν,
καὶ λέγειν τὸ συγχώρησον, ἐλέησον παντάναξ,
οὗ πόνημα καθέστηκεν ἀθλίου τὸ βιβλίον,
ὡσὰν μὴ φλέξῃ με τὸ πῦρ τὸ τῶν παθῶν ἐνδίκως.
Τὸν Πλάστην παρεπίκρανα, παρώξυνα τὸν Κτίστην   340
ἐν λόγοις, ἐν νοήμασιν, ἐν ἔργοις, ἐν ἀγνοίᾳ,
ἐνασμενίζω τῇ τρυφῇ, ταῖς ἡδοναῖς δουλεύω,

NOTES CRITIQUES.

335 [κᾰθικετευω, le ν de seconde main est écrit au-dessus de l'ω].
339 [τὸ πῦρ τὸ τῶν παθῶν. Le feu des Supplices. V. le Thesaurus
     au mot πάθη. Col. 17. A : « cruciatus, Euseb. H. E., p. 306,
     330. »

ὡς κοσμικός δε ἀγαπῶ τὰ ἐν τῷ κόσμῳ πάντα,
δόξαν καὶ πλοῦτον, ἄνεσιν καὶ ἡδονὰς καὶ τέρψεις,
εἰμὶ ἀμετανόητος, θάνατον οὐ φοβοῦμαι.   **345**
Ἐκ τῆς ἀναισθησίας μου καὶ τῆς ἀπροσεξίας,

NOTES CRITIQUES.

il est naturel qu'il ait été changé en τῶν, devant μοναχῶν.

343 δε enclitique. Cp. v. 128, la note. Seul le copiste de D a
marqué l'ι souscrit dans τῷ κόσμῳ.

344 Nous avons suivi la leçon de C : Δόξαν καὶ πλοῦτον, ἄνεσιν καὶ
ἡδονὰς καὶ τέρψεις.

     D : δόξαν τρυφὴν καὶ ἄνεσιν καὶ ἡδονὰς καὶ τέρψϊν.

     E : δόξαν καὶ ἡδονὴν καὶ ἄνεσιν καὶ τρυφήν τε καὶ τέρψεις.

     Dans E, le vers a deux syllabes de trop.

345 D, E : εἰμὶ..... C : εἰμοὶ.....

346 Dans le ms. C, sont deux notes marginales que nous avions
omises et que MM. Ch. Graux et Em. Châtelain de l'École
pratique ont bien voulu nous transcrire. Elles sont d'une
encre plus pâle que le texte.

On lit la première au haut de la page qui commence par le
v. 331. Lorsque le ms. a été relié, la rognure l'a atteinte ;
on voit encore la partie inférieure de plusieurs lettres,
appartenant à une ligne qui a été coupée. Cette scholie
comme la suivante est en vers politiques :

     . . . . μιμνήσκω πάντας
     τοὺς ἰδιώτας κατ' ἐμὲ τῷ λόγῳ καὶ τῇ γνώσει,
     οὐ μέντοιγε πρὸς γνωστικούς, οὔτε μὴν πρὸς λογίους
     οὔτε πρὸς ὁποίους σοφούς, οὔτε πρὸς διδασκάλους ·
     οὐ μὲν ποσῶς οὐ δέδοικα τοὺς ἐκ σκωμμάτων ἤλους   5
     οὓς ὀφλισκάνουσι πολλοὶ φρονοῦντες ὑπερμέτρως ·
     ἀληθῶς γὰρ [ὃ πάρα] μοι κελεύω καὶ δοξάζω.

V. 4. ὁποίας. Nous avons écrit ὁποίους. V. pour la confusion
de α avec ου, Grég. de Corinthe, note, 532.

V. 5. οὐ μὲν ποσῶς. Ce μέν ne correspond à rien. Mais V. des
exemples analogues dans le Thesaurus, col. 769 B, où
μὲν a la signification de δή. — σκωμάτων (sic).

V. 7. ὅπερ μοι. Le premier hémistiche est trop court d'une
syllabe. La lecture de κελεύω est douteuse.

En regard du vers 346, commence la seconde note marginale.

     Ὁ λόγος διδασκαλικὸς, εὔληπτος ἡ συνθήκη,

τὰ ῥάκη περιβέβλημαι πρὸς ἐντροπὴν καὶ θέαν,
τοῦ κόσμου δ᾽ ὥσπερ ἔνυλος ἐξέχομαι καὶ σφόδρα,
μετάνοιαν οὐ κέκτημαι, τὸν θάνατον οὐ τρέμω,   345
ἀναισθητῶν καθέστηκα, τὴν πώρωσιν οὐ στέγω,

οὐ τρέμω τὸ μυστήριον τὸ μέγα τοῦ θανάτου,
ἐξαίφνης μήπως ἐπιστῇ ἀνέτοιμον εὑρών με,
καὶ παραπέμψῃ κάτω με εἰς Ἅδου τὴν γαστέρα.
Ἀλλ' οὖν γε Κύριε Θεὲ, ὡς ἀγαθὸς ὢν φύσει,   350
ὁ μὴ βουλόμενος ἡμῶν τὸν θάνατον, οἰκτίρμον,
ἐπιστροφὴν δὲ καὶ ζωὴν καὶ μετάνοιαν μᾶλλον
πάντων ἀπεκδεχόμενος, ὡς Θεὸς, καθ' ἡμέραν,
τοὺς στεναγμούς μοι δώρησαι τοῦ Τελώνου ἐκείνου,
τῆς Πόρνης τε τὰ δάκρυα καὶ τοῦ Πέτρου, Χριστέ μου,   355
ἵνα ἐκπλύνω παντελῶς τὸν ῥύπον τῆς ψυχῆς μου ·

NOTES CRITIQUES.

σαφὴς τοῖς προστυγχάνουσιν ἡ φράσις τῶν ῥημάτων,
μὴ τὸ τῶν νῶν φωτοφανὲς σκότος ζοφώσῃ χλεύης ·
ἀλλά μοι φρίξ' εἶσι σοφῶς τὰ φρίκης πεπλησμένα.

V. 1. Nous avons corrigé ἄληπτος en εὔληπτος.

V. 3. Le ms. porte ζοφώσῃι, substitué paraît-il à ζοφώσει.

V. 4. Le ms. semble donner ἀλλ' ἅ μοι; mais cette lecture est douteuse.

347 Μυστήριον a quelquefois, comme ici, dans l'Écriture, le sens de secret. Cp. Tobie, XII, 7 : Μυστήριον βασιλέως καλὸν κρύψαι, et St Paul. Ep. aux Ephés. I, 9 : Τὸ μυστήριον τοῦ θελήματος αὐτοῦ.

349 C : παραπέμψαι]. D, E : παραπέμψει. La correction παραπέμψῃ nous a été suggérée par le verbe ἐπιστῇ, au vers précédent.

350 C : ἀλλ' οὖν γε κύριε θεὲ.....] D : ἀλλ' ὦ Χριστέ μου καὶ θεὲ.....
E : ἀλλ' ὦ κύριε κύριε. Les éléments des leçons de D, E se retrouvent dans C que nous avons suivi. Ἀλλ' οὖν γε. V. le Thesaurus au mot οὖν.

354 ὁ μὴ βουλόμενος. Peut-être ὁ a-t-il pris la place de καί. Cp. v. 232 où il y a confusion entre les mêmes mots. Cependant les liaisons manquent souvent dans Philippe.
Ce vers contient une allusion à Ézéchiel XXXIII, 11 : Τάδε λέγει Κύριος · οὐ βούλομαι τὸν θάνατον τοῦ ἀσεβοῦς, ὡς ἀποστρέψαι τὸν ἀσεβῆ ἀπὸ τῆς ὁδοῦ καὶ ζῆν αὐτόν.

352 δὲ. E.] C : τε. D : μοι.

353 Ἀπεκδεχόμενος. D, E.] C : ἀποδεχόμενος

354 δώρησαι.] C : δώρισαι.

355 καὶ τοῦ Πέτρου, Χριστέ μου. D, E.] C : καὶ πέτρου ἀποστόλου.
Ἀποστόλου paraît n'être qu'une glose. Cp. v. 290, la note.

356 ἐκπλύνω.] C : ἐκπλύνο.

οὐ τρέμω τὸ μυστήριον τῆς ὥρας τῆς ἐσχάτης
μὴ δήπως ἀπαράσκευον ἀνέτοιμόν με φθάσῃ,
καὶ παραχρῆμα πέμψειε, καὶ κολασθῶ, πρὸς Ἅδην.
Ἀλλ' ὁ τῶν ὅλων Κύριος καὶ μόνος ἐλεήμων,   350
ὁ μήποτε βουλόμενος ἁμαρτωλὸν τεθνάναι,
ὡς ἐπιστρέψας ζήσειε καὶ σωτηρίας τύχοι,
καὶ τοῦτ' ἀπεκδεχόμενος ἡμέραν ἐξ ἡμέρας,
Τελώνου μοι τὸν στεναγμὸν καὶ τύψιν στήθους δίδου,
τοῦ Πέτρου καὶ τῆς Πόρνης δε τὸ πλῆθος τῶν δακρύων,   355
ὡσὰν ἐξαποπλύνω μου τὸν ῥύπον τῶν πταισμάτων ·

NOTES CRITIQUES.

355 [δε enclitique. Cp. v. 128, la note.]

σὺ γὰρ αὐτὸς ἐλάλησας μὴ χρῄζειν ἰατρείας
τοὺς ὑγιαίνοντας, Χριστὲ, ἀλλὰ τοὺς ἀσθενοῦντας ·
διὸ ὡς ἀσθενοῦντί μοι, πολλὰ καὶ ἁμαρτόντι,
οὕτω πολὺ τὸ ἔλεος ἐπίχεε, Χριστέ μου ·　　　　　　　360
ναὶ ὁ πολὺς ἐν οἰκτιρμοῖς, ἄφατος ἐν ἐλέει,
τελείαν οὖν μοι δώρησαι συγχώρησιν, Χριστέ μου,
[μὴ οὖν κερδήσῃ με Σατᾶν καὶ καυχήσηται, Λόγε,
ὡς ἀποσπάσας με τῆς σῆς χειρός τε καὶ τῆς μάνδρας,
ἀλλὰ κἂν θέλω σῶσόν με, κἂν μὴ θέλω, Χριστέ μου,]　　　365
ἵνα κἀγὼ εὐχαριστῶ τὴν σὴν φιλανθρωπίαν,

NOTES CRITIQUES.

357 Allusion à St Luc. Evang. V, 31 : Οὐ χρείαν ἔχουσιν οἱ ὑγιαί-
νοντες ἰατροῦ, ἀλλὰ οἱ κακῶς ἔχοντες.

358 Ἀλλὰ τοὺς..... D, E.] C : ἀλλὰ καὶ.....

359 ἁμαρτόντι.] C, D : ἁμαρτῶντι.

360 οὕτω.] D, E : οὕτως.

361 ναὶ..... C, D.] E : καὶ..... Cp. v. 332.

362 .....οὖν μοι δώρησαι σὖγχώρησιν χριστέ μου. C, E.] D : .....τὴν
συγχώρησϊν, χριστέ μου, δώρησαί μοι. Quoique cette dernière
leçon ait l'avantage de supprimer la répétition de οὖν dans
deux vers consécutifs, nous avons adopté le texte de E,
parce qu'il est confirmé par celui de C, manuscrit d'une
famille différente.

363-365 manquent dans C. Ces trois vers paraissent provenir
d'une citation marginale. Cp. v. 280-281.

363 με ..... καυχήσηται. D : μοι ..... καυχήσηται. E : με ..... καυ-
χήσητε.

364 τῆς σῆς. Pour l'accent circonflexe à la pénultième du premier
hémistiche, cp. v. 49. V. la note. Au second hémistiche
D : καὶ χειρὸς καὶ τῆς μάνδρας.
E : χειρός τε καὶ τῆς μάνδ... (les 3 trois dernières lettres ρας
sont illisibles).

365 D: κἂν ..... Χριστέ μου. E: κἂν ..... σωτήρ μου. La leçon σωτήρ
a été introduite par le verbe σῶσον; d'ailleurs il faudrait
σῶτερ..... Nous avons suivi D. Cp. v. 355, 358, 360, 362.

366 εὐχαριστῶ. Si Philippe liait toujours les phrases entre elles,
nous aurions écrit εὐχαριστῶν. Εὐχαριστῶ ..... φιλανθρωπίαν : on trouve cité dans le Thesaurus un exemple de ce
verbe régissant l'accusatif; il y est employé dans le sens
de bénir.

αὐτὸς γὰρ εἶπας, Δέσποτα, μὴ χρῄζειν ἰατρείας
τοὺς ἐρρωμένως ἔχοντας, ἀλλὰ τοὺς ἀρρωστοῦντας ·
ὡς οὖν νοσοῦντα παμπληθὲς καὶ σῶμα καὶ τὸ πνεῦμα
ἐπίσκεψαί με, δέομαι, ῥᾶνον ἐλέους δρόσον,   360
ναὶ μόνος εὐδιάλλακτε, ναὶ μόνος ἐλεῆμον,
ἀξιοῦ συμπαθείας με καὶ παντελοῦς συγγνώμης,
μὴ δὴ κερδήσῃ με Σατᾶν μηδ' ἀποσπάσῃ μάνδρας
ὡς ἀποπλανηθέντα με καὶ τῆς χειρός σου, Λόγε ·
ἀλλὰ κἂν θέλω, Δέσποτα, κἂν καὶ μὴ θέλω, σῶσον,   365
ὡσὰν ὁρῶν τὸ μέγεθος τῆς σῆς εὐεργεσίας,

NOTES CRITIQUES.

365 [κἂν καὶ..... V. le Thesaurus au mot Ἄν, col. 297 B. « Quod
(κἂν) quum usu nihil differat ab solo ἄν, notasse sufficit
Byzantinorum consuetudinem, qui, nisi fallunt libri, cum
καί conjunxisse videntur, ut Leo Diac. 2, 5, p. 13. C : Καὶ
κἂν καὶ αὐτὸς ὁ Χαμβδᾶν ἤλω, εἰ μὴ κ. τ. λ. Tzetz. Schol.
Hesiod. Op. 652 : Κἂν καὶ ὁ Ἡρόδοτός φησι · etc.]

8

δοξάζω [δέ σε, καὶ ὑμνῶ ὡς Θεόν μου καὶ Πλάστην,
αἰνέσω] σου τὸ ὄνομα τὸ θαυμαστὸν καὶ μέγα,
τὸ φοβερὸν καὶ ἅγιον καὶ ἔνδοξον ἐν πᾶσι,
νῦν καὶ ἀεὶ καὶ πάντοτε εἰς αἰῶνας αἰώνων ·   370
ἀμὴν, ἀμὴν, καὶ γένοιτο, γένοιτο, γένοιτό μοι.

ΤΕΛΟΣ.

NOTES CRITIQUES.

367 Ce vers que ne donne point G, nous paraît intrus, (cp.
v. 363-365,) sauf le premier mot δοξάζω qui doit commen-
cer le vers 368 où l'intrusion du copiste a eu pour consé-
quence de lui substituer αἰνέσω. Le passage de l'Écriture
sainte (Ps. CXLIV, 2) auquel il est fait allusion suggérait
αἰνέσω; mais le futur n'est pas en rapport avec le temps
des verbes précédents.

368 V. le v. 367, la note.

369 E : .....ἅγιον καὶ ἔνδοξον ἐν πᾶσι.] G : ..... ἔνδοξον καὶ θαυμαστὸν
ἐν πᾶσι. D : .....ἅγιον καὶ ἔνδοξον καὶ μέγα. La variante καὶ
μέγα dans D, provient de la fin du vers précédent.

370 Ce vers se retrouve, sans changement, à la fin du livre I
de la Dioptra.

Le poème est suivi dans E de ces quatre vers iambiques :

Τὸν ἀναγινώσκοντα σὺν προθυμίᾳ,
    τὸν δακτύλοις γράψαντα, τὸν κεκτημένον,
    φύλαττε τοὺς τρεῖς, ἡ Τριάς, τρισολβίως.
Τῷ συντελεστῇ τῶν καλῶν Θεῷ, χάρις.

1 Le versificateur, de même que Manuel Philé, considérait
comme douteuse la quantité des voyelles α, ι, υ.

2 τὸν κεκτημένον est une correction que nous avons faite de
τοῦ κεκτημένου.

3 Ἡ Τριάς, au vocatif. Cp. v. 361.

4 Ce vers est souvent employé dans les souscriptions des
copistes. V. le Thesaurus au mot Συντελεστής.

Dans le même ms. E, après les 4 vers iambiques, on lit encore
les mots suivants :

Τιμιώτατοι ἐν ἱεροῖς μοναχοῖς.
Παναγία δέσποινα, ἡ προστασία τοῦ κόσμου, ἄγγελοι.

βουλοίμην μὲν, ὡς δύναμις, εὐχαριστίαν νέμειν ·
τῆς δ᾽ αὖ ἀξίας ἀπορῶν ἐκεῖνο μόνον λέγω ·
τί περὶ πάντων δώσομεν ὧν ἀνταπέδωκέ μοι,
τῷ Κτίστῃ καὶ Κυρίῳ μου; πλὴν ἀλλὰ δόξα λέγω   370
τῶν γενεῶν ἐν γενεαῖς σοὶ τῷ Θεῷ τῶν ὅλων.

ΤΕΛΟΣ.

NOTES CRITIQUES.

368 [αὖ ἀξίας. Nous ne pensons pas que αὖ, à cause de la prononciation, fasse hiatus avec le mot suivant. Ce qui a été dit de εὖ dans la note sur le v. 173, doit s'appliquer également à αὖ. D'ailleurs v. le Thesaurus au mot αὐερύω. « Sugo. Oppian. Hall. 2, 603 :

          .....Οὐδ᾽ ἀνίησιν,
Εἰσόκεν αἱμοβαρῆ ζωρὸν πότον αὖ ἐρύσαντα,
.....Scripturam conjunctam et divisam memorant etiam Schol. et Eustathius. »]

LISTE DES MOTS

MANQUANT AU THESAURUS DE DIDOT,

CONTENUS DANS CETTE PUBLICATION.

Βραχυδορκέω-ῶ. Avoir la vue faible. Βλέπεις ..... ὀφθαλμοῖς ..... βραχυδορκοῦσι. V. 27.

Θρῆνος, ους (τὸ). Lamentation. Τίς διηγήσεται ..... τὸ θρῆνος. V. 269.
Le Thesaurus ne donne que θρῆνος-ου, ὁ.

Θυτάρχης, ου (ὁ). Pontife. Τῶν θυταρχῶν τὸ τάγμα. Phialite, v. 146.

Κατερρᾳστωνευμένως. En vivant dans l'indolence. Ἔζησας κατερρᾳστωνευμένως. Phialite, v. 42. Le verbe composé, d'où est
formé cet adverbe, manque aussi au Thesaurus.

Παμφώτεινος, ὁ, ἡ. Tout resplendissant. Βλέπεις ..... παμφώτεινον
τόπον. V. 138.

Σκοτεινόμορφος, ὁ, ἡ. A l'aspect ténébreux. Οἱ δαίμονες ἐφίστανται σκοτεινομόρφῳ θράσει. Phialite, v. 86. (Peut-être σκοτεινομόρφῳ
a-t-il pris la place de σκοτεινόμορφοι.)

Τρισολβίως. Le Thesaurus ne donne que l'adjectif τρισόλβιος, trois fois
heureux. Φύλαττε τοὺς τρεῖς, ἡ Τριὰς, τρισολβίως. Ce vers
est le troisième des iambiques écrits par le copiste du ms.
2874, à la suite du petit poème de Philippe.

Φαγοποτέω-ῶ. Donner à manger et à boire. Ἄνπερ ἐφαγοπότησας πεινῶντας καὶ διψῶντας. V. 104. Ce verbe a ceci de particulier
que les deux parties qui le composent ont chacune leur
régime.

 Le substantif Φαγοπότιον également inconnu aux Lexiques
a été employé par Emmanuel Georgillas. V. le Gloss. de
Du Cange.

Ψυχορράγημα, (τὸ). La mort. Δεινὸν τὸ ψυχορράγημα. V. 20.

Nogent-le-Rotrou, Imprimerie de A. Gouverneur.